U0137387

林谷芳

著

译林出版社

序：活脱脱的禅者，活脱脱的修行

活脱脱的禅者，活脱脱的修行

禅是剑，两刃相交，直劈死生，正是这"两端俱截断"的利落截然，寻常人在此见到"身心脱落"的生命，也就忘了问：这"能尽一切"的剑是从何而来！

禅是诗，掬水得月，直入当下，正是这"孤月映江湖"的现前直领，寻常人在此见到"无心体道"的风光，也就忘了问：这"触目成文"的诗是从何而来！

禅是生活，运水搬柴，尘尘三昧，正是这"道在日用间"的凡圣一如，寻常人在此见到"但尽凡心"的自在，也就忘了问：这"临事平常"的生活又是从何而得！

换句话说，禅的风光迷人，人人尽道，禅的锻炼如何，却少有人观照！

真观照，触及的就是禅者活生生的立体身影。

说身影，禅举"不立文字，教外别传"，所谈所行强调要与佛所证活生生地相契，禅者也就是一个个寻常生命在此相契而显其自在解脱的人，正如此，离开了活脱脱的禅者，禅，也就失掉了它的立基。

说立体，是说真要谈禅者的身影，就不能只说他悟后的风光，更得谈他悟前的锻炼；而谈他悟前的锻炼，还不能只是谈他如何地开启见地，更得关注他所下的工夫。

有工夫，才能斩断无明；有工夫，所证才不致浮光掠影。修行，是"化抽象哲理为具体证悟"之事，有工夫，这"化"才能完成，否则何只流于知解，以禅机之出入迷人，没工夫的知解恰就是学人丧身失命之源。

工夫，是日日行之的事，它何只占了行者悟前生涯的大部，即便悟后，也还得靠这工夫，保任悟境，以臻一如。

　　但工夫，既日日行之，若有违行者基本情性，就难持之以恒。也因此，禅，虽是反转生命之事，谈禅家身影，你仍旧不得不谈及禅家的情性。

　　这情性固影响了见地的契入与工夫的琢磨，即便悟后的风光映现也与此有关。禅门有句话："同生不同死"，天柱崇慧的名言："万古长空，一朝风月"，这"一朝风月"，是悟者境地的具现，也直映着禅家的生命情性。

　　立体的身影就是如此，从情性、见地、工夫，到风光，每个禅家原就在此串联出生命清晰的轨迹。而有此活脱脱的禅者，有此活脱脱的修行，你真要入禅，也才有立体的参照。

　　这立体的参照，自大而言，正可归纳成三条路径：剑客、诗人、老婆。你有心，总可在此找到与己相应的轨迹，由之寻迹而入。

迹原不少，过去禅籍所记也尽都是禅家之迹，但这迹，既为应机，映现的就是当下对应的足印，常无以成径；而偶有如《憨山大师年谱注疏》者，却也只就一人之径而写，想入宗门者，既无以得全盘之观照，就难选择与己相应的道路，循径而行。

这本书在我的禅书里，是与《禅——两刃相交》首尾相应的一本。《禅——两刃相交》作了宗门虚实的总览，这书则从剑客、诗人、老婆切入，具体呈现了禅家实然的修行。《禅——两刃相交》中，我点出了"禅者何在"这学人最根柢的追问，也给了禅家生命总体的描摹；此书，我则直就禅家身影作了一一立体深勾的直陈。从表而言，这书是禅籍事迹有机而深化的梳理；根柢地，却就是我自己所行所证与祖师生命间活生生的对应。有心人固可由之直面于历代祖师，也能在此勘验一个当代禅家的如实。

而你若真能于此契入，则宗门一句：

不为眼瞒，空手还乡！

禅家身影

谈生命，总得谈及情性。

须谈情性，是人原就有先天的禀性，在此，除非有生活境遇的大冲激、生命锻炼的大翻转，否则，一生轨迹，还多依此先天而立。

谈生命，更得谈及境界。

须谈境界，是因尽管有此先天情性，但人更有他后天的生命领略，也由此决定了是否能愈走愈明，境界日宽；还是缠缚愈深，在时空摧逼下不堪闻问。

这后天的生命领略，牵涉到的，正是当事者所具的见地与所下的工夫。

而既有这情性与轨迹、领略与境界间的关联，谈人，若只说他的轨迹，不谈他的情性，只说他的境界，不谈他的见地与工夫，所言也必然单薄。

如何契入禅家之生命

世间人如此，道人也一样！要谈禅生命，你就得谈及禅家的情性，以此，才能知道他如何会有这样的修行轨迹；你更得看到他所具的见地与工夫，也才能知道他凭什么能证得如此的境界。这样来谈，就不致空疏，就真能知道一个个鲜明无碍的禅家究系何来。

谈情性，禅原特举应机，总说药毒同性，不相契，再好的法门对行者也是枉然。所谓"净土如春，真言如夏，南山如秋，少室如冬"，禅净律密原各有自己的情性相应。

以禅与密而言，一谈究竟空，一说胜义有，对应这空有法门的情性原就不同。喜繁茂者接密易成，喜孤朗者入禅方证。

在此，日人又有"真言，皇室；天台，公卿；净土，百姓；禅，武家"之说，虽从社会阶层立言，但阶层所指，也在一定的生命情性。

而这情性与法门的相接，也并不只体现在诸宗之间，禅内部，依然如此，历史中的"五家七宗"，根柢地，就在对应不同情性的禅子。

至于见地，诸宗原各有所入，禅尤标举见地，此见地，或即心即佛，或非心非佛，总要你在此观照。而这观照，更就聚焦于如何能"悟"。

悟，是学人"直见本心"，到此，禅理所说既得以直面印证，学人乃能从此"不疑"，蓦直前去，终而契入那凡圣一如、立处皆真的境界。

这境界，禅称为"悟后风光"。它或纵横予夺，自在无碍；或机关不露，默观澄照；或啐啄相应，杀活临时；或入于当下，尽其一事；乃至无心体道，一丝不挂，都十足羡煞人。

风光能羡煞人，风光本身外，另一关键，也在这些悟者原都与你我一样，是行住坐卧、语默动静、吃喝拉撒的凡夫，可今日却能如此随缘做主、立处皆真。对芸芸众生，他就不同于佛菩萨这样的圣者，尽管宝相庄严、圆满具足、神变无边、悲智双运，却就是"彼岸"的生命，你尽可崇敬向往，但与他们既隔了好大好大的一段距离，贴近性就少了许多。

正因这贴近性，诸方多喜谈禅，更因这悟后风光迷人，所谈也就尽在此中转，由此，固忽略了情性在修行中的角色，更不知行者之能坚固其见地而开悟，最终证得迷人风光，关键就在他所下的"工夫"。

工夫，是行者之成为行者的根本，修行是"化抽象哲理为具体证悟之事"，而能"化"，能真正翻转的，就在工夫。

谈工夫，在禅，有悟前的锻炼，有悟后的保任。

须谈悟前的锻炼，是因无此锻炼，所谓见地，也都还是凡夫状态下的起心动念，再有如何的高见，生命也依然如身处泥淖般，抽出左脚，就右脚陷下，抽出右脚，就左脚陷下，正应了五祖法演的一句大白话："世人如发疟一般，寒一上，热一上，不觉过了一生。"

须说悟后的保任，是因没这保任，悟也常只是生命一时的"豁然有省"，不久你就又回复原状，最终，这"悟"，也只是你生命中一次"遥远、美丽、模糊的回忆"。

总之，有悟前的锻炼，才能契入真实的悟境；有悟后的保任，才能使悟境坚固。

而悟，既非从天而降，谈悟者，你不说他悟前的工夫锻炼，也不说他悟后的工夫保任，就只谈他精彩的生命风光，对禅，也就永远雾里看花，说食不饱，甚且，更在这无边风光中丧身失命。

而要能不丧身失命，谈禅，你就必须观照禅家生命从情性、见地、工夫到风光的一线相连，如此，一个个禅家的身影，才真能立体鲜明，你我与他，也才有生命与生命间的真正直面、生命与生命间的真正相接。

这直面，这相接，是贴切契入禅家在"万古长空"下所证得的"一朝风月"；到此，你才好会得"道不远人"！

"万古长空，一朝风月"，语出天柱崇慧：

问："达磨未来此土时，还有佛法也无？"

师曰："未来且置，即今事作么生？"

曰："某甲不会，乞师指示。"

师曰："万古长空，一朝风月。"

这句禅语，在后世，成为对禅家生命最贴切的拈提。就此，宋代的中际善能曾说道：

不可以一朝风月昧却万古长空，不可以万古长空不明一朝风月。

谈禅家，谈的就是这"万古长空"下的"一朝风月"，它是宗门"以用显体"的映现，是禅者"以事显理"的当下。它包含依于情性的见地与悟前工夫，也包含禅家证入的悟境与悟后保任，以及由此映现的生命风光，这情性、见地、工夫与风光，从悟前到悟后，原首尾相贯，离此，所谓禅家的身影就只能是抽象的呓语、空洞的想象。

历史追忆的误区

也因这首尾相贯，我自来就不以原来的"五家七宗"谈禅门身影，要谈，就谈剑客、诗人、老婆！

五家七宗，是南禅大盛后，从唐到宋的宗门分灯。五家是临济、曹洞、沩仰、云门、法眼，各有宗风；七宗，是在临济之下，又分出了杨岐、黄龙两宗。

这五家七宗，知禅者朗朗上口，但后世谈它，却更多是历史追忆。尽管禅籍中也有《人天眼目》这般专言五家宗风的著作，但这类叙述，并不能使后世的追忆转为明确的掌握，许多时候，它反让人更陷入文字描述上的故作人解。而真要说，五家面目较清晰者，宋之后也仅临济、曹洞两宗。

临济与曹洞面目清晰，是因在禅修行上，它们是光谱的两极。一个"有无俱遣"，自"破"而入；一个"全体即是"，直契于"立"。一个以"绝待的否定"入手，一个以"绝待的肯定"体现；一个宗风纵横杀活，一个机关不露。恰好分野。

且不仅于此，宋时径山宗杲在临济基点上，又大弘了"看话禅"的行法；天童宏智则在曹洞宗旨上，也建立了"默照禅"的修持。有宗风，有行法，传承就清晰；风格既成对比，世人乃好认知。

然而，即便如此，谈临济、曹洞，依然迭有误区。

误区，有涉及内行的体证，你对"看话、默照"的工夫没实参的体会，说它们，就只能雾里看花。

误区，也因后世中国，"临天下，曹一角"，临济独领风骚，曹洞僻处一隅，真好谈的，其实也只临济。

但谈临济，一样有误区。这主要因后世领临济传承者，常止于法卷付受，此法系证明，与你真参实修、你所证境界，可以完全无涉。所以天下丛林固尽多临济香火，实况却是极少临济家风。

这情形，是宋后宗门气象不再的反映。但即便五宗纷放的时代，从家系传承谈道人身影，也自来就有误区。

例如，看来较临济内敛的曹洞，其开宗因洞山良价、曹山本寂师徒而有，但两人家风却大有别。洞山就如后世印象中的曹洞人，接机时，回互转进，整体风格较为含蓄；而曹山虽嗣洞山，在事理锻炼、个人应机上，却都不稍让临济的杀活于前，连其后具帝王气象的云门家风，比诸曹山，也一样讨不得便宜：

僧问："如何是无刃剑？"

师云："非淬炼而成。"

云："用者如何？"

师云："逢者皆丧。"

云："不逢者如何？"

师云："亦须头落。"

云："既不逢，为甚么头落？"

师云："不见道，能尽一切？"

云：“尽后如何？”

师云：“方知有此剑。”

这等气概，合该出自临济不世出的宗匠，却来自绵密不漏的曹洞方家！而曹山能如此，原也难怪，因为禅既讲自性自悟，既谈应病与药，则禅家的风格，正乃禅者自家生命的直现，原不须只照传承而走。只照传承，甚且还为方家所斥。百丈怀海就有这样一句话：

见与师齐，减师半德；见过于师，方堪传授。

所谓“见过于师”，可以是在同一条路上对师的超越，也可以是穿过师父之路的超越。正如此，虽名为师徒，虽说师父常就是你悟道的最大触机，但真说道人的风光直露，根柢地，也只在彻底地映现自己。

正是这些原因，谈禅，我鲜少谈五家七宗，说的就是一个个禅家鲜明的身影。而此鲜明的身影，虽千峰映月，各有风光，大体却也可归为剑客、诗人、老婆三类。其中，同一类的，可以出自不同门系；相同门系的，也可有各自的身影。

而所以将禅家身影归为三类，并不因如此就好以简驭繁，更因它主体而清晰地映现了禅生命的基底特质。

　　说主体，是因禅固无事不涉，禅家身影固可见于诸端，但修行锻炼毕竟是它的核心，举剑客、诗人、老婆正应于此，它们不仅接于风格判然的生命情性，更涉及禅见地上的不同拈提，关联禅工夫锻炼上三个重要的切入，也在此映现着不同的生命风光。如此，有情性，有见地，有工夫，有风光，用来谈禅家身影，乃不空疏，乃风姿俨然。

两刃相交的剑客

　　而就此，剑客禅是：两刃相交，生杀同时，风姿凛冽。

　　"禅，为剑刃上事。"宗门总以剑说禅，之所以如此，是因禅谈"自性自悟"，它是彻底自力的修行。在此，是死是活，端在自参，自己虚假不得，他人相救不得，正如两刃相交，死生之际"唯此一剑耳"！在禅，你只能以自己的智慧之剑直斩烦恼之丝，学问、名位、权势、利养都与斩却无明不相关。不明于此，你就会如后期的狂禅、文字禅般，尽以机锋为能事，何只与"了生死"无关，更就在此丧身失命！

　　而以剑说禅，也因面对的是生命最根柢的习气：无始无明、俱生我执。修行，在禅，须"二六时中，不离这个"，不能予无明以任何可乘之机，真要透脱，就须决绝于世情软暖，彻底地做"截断众流，擒贼擒王"的工夫，所谓"手提三尺吹毛剑，直取骊龙颔下珠"，以此斩断让你流于二元世界的源头。而这样峻烈的修行，则最体现在"看话禅"那"逼向死处"的工夫。

以剑说禅，还因在实际接机上，为逼使学人悬崖撒手，跳脱而出，禅家常用霹雳手段，其临机毒辣，正手下无情，师徒之间，是"棒下无生忍，临机不让师"，讲的是杀活临时。所以说，"禅是杀人刀，也是活人剑"，在此具现着最根柢的凛冽家风。

也就是这"两刃相交"的如实观照、"决绝直探"的气概工夫、"杀活临时"的应机啐啄，禅乃为剑刃上事，禅宗在此的风姿也最凛冽，其森然如剑，更可以不待语言，就让学人缠缚脱落，而禅的盛世更与此有关。

参禅如论剑，它是宗门锻炼的基点，禅家无论映现的生命风光如何，内在必具备两刃相交的本质，以此，陈尊宿说得好：

问："如何是曹溪的的意？"
师曰："老僧爱嗔不爱喜。"

曰：“为什么如是？”

师曰：“路逢剑客须呈剑，不是诗人莫献诗。”

的确，路逢剑客须呈剑！“以禅为美、以禅为学、以禅为趣”，正是离此的异化、谈禅的误区。也因此，我自己总览宗门修行虚实的书，就叫《禅——两刃相交》。要谈禅家身影，就得先从这基点谈起才行。

无心体道的诗人

然而，虽说“禅为剑刃上事”，虽说“不是诗人莫献诗”，但真要说尽禅家身影，剑客之外，也还得谈诗人。

诗人禅是：无心体道，入于当下，境界直抒。

禅，以事显理，以用显体，它总以具体的事用映现无碍的风光，而谈这，一句“万古长空，一朝风月”，正“法语如诗”！

禅以诗抒，首先是因悟者正乃“契于全然直观的生命”，而诗则为直观的语言，悟者生命之带有诗性原属必然。

禅特举悟，由此，人乃能脱离二元，活于当下；而真大悟，则更契于法性，感物遂通。这境界，《庄子》也曾谈道：

至人之用心若镜，不将不迎，应而不藏，故能胜物而不伤。

胜物而伤，是因有对立，真能胜物而不伤，就因无所谓"胜"，生命在此物我一如，既直契万物，乃出入皆诗。

禅以诗抒，也因宗门家风原有如此一块。临济禅的杀活予夺直接就是剑客的身影，曹洞禅的默观澄照则多初心直抒，无论锻炼、示法，就直现诗人风光。默照禅创立者天童宏智的语录，通篇皆以诗抒禅，就是典型例子。

禅以诗抒，还因应机。世人以执而缚，所以禅强调不立文字、不死于句下，但示法往往又不能离于文字，以此，宗匠乃随说随破，公案意旨也从不直接言明，而诗既长于意象，以之示法接机，言有尽而意无穷，学人乃能超然物外。

就是这"悟者"的诗性，这"默照"的修行，这"物外"的接机，禅虽直辟"以禅为美"，视"禅为一枝花"乃丧身失命，却自来就有丰富的诗人身影，显其物外之姿。而风穴延沼的应答正可作为此诗人身影的注脚：

问："语默涉离微，如何通不犯？"

师曰："常忆江南三月里，鹧鸪啼处百花香。"

"离"是出于外，"默"是执于内，要不落两边，风穴说：你就直体"鹧鸪啼处百花香"吧！

尘尘三昧的老婆

的确！禅虽为剑刃上事，但契于当下则有诗的身影，两者皆为宗门自然之事，也尽多世人欣羡风光。但谈禅家身影，只此两者却犹有未足，剑客、诗人外，也还得言及"只举平常"的老婆家风。

老婆禅是：尘尘三昧，日用是道，意在平常。

老婆，指的是日常的柴米油盐、行住坐卧，正乃平常无奇之事。

禅举平常，首先因于宗风的"超圣回凡"。众生以分别而颠倒，你能契于不二，才能解脱缠缚。真不二，原圣凡无别，但禅机既在应道人之问，而道人既已离凡取圣，公案乃尽多"破圣"

之举。正所谓"诸家超凡入圣，宗门超圣回凡"，以此圣凡双泯，乃契一如。而既举超圣回凡，禅家身影就多有立于柴米油盐、行住坐卧者。

禅举平常，也因日用是道，正所谓"运水搬柴，无非大道"。真修行，须以诸境为锻炼、为勘验，所以禅"无事不涉""若有一事不涉，就不是禅"。而生活日常，正乃与道人生命相接最多处，惯性习气也最易在此流出，有此，就难真正翻转，遑论"打成一片"。

谈打成一片，香林澄远有句知名的法语：

老僧四十年方打成一片！

所谓"道，不可须臾离也"，学人要将悟境坚固，就须在生活琢磨，"二六时中，不离这个"，这样的悟后起修，在禅，是"长养圣胎"，无此，即便悟，往后也只能成为学人生命中一个"遥远、美丽、模糊的回忆"。

禅举平常，还因应机。作家啐啄，总举现前之事，既免落于空疏，更好"以事成理"，所以禅家乃多以日常事、寻常语拈提学人，现存灯录就多唐宋俚语，这种现象直接促成了后世白话文的产生。而所以如此，除直示凡圣一如外，根柢还因禅家之言皆"一一自胸臆中流出"，既从生活拈来，也就自然亲切。

正是这"见山只是山"的"超圣回凡"、"日用是道"的"打成一片"、接机示法的"总举现前"，乃有宗门的老婆家风，也才有宗门的"农禅"传统。而农禅传统既使禅牢牢接于地气，也使宗门在法难时，还能自耕自食，以待时机；法难后，又能迅速回复元气。最后，乃成就了宋之后与净土分领天下的局面。

这样的老婆禅没有剑客的杀活，没有诗人的意境，却是机关不露的修行。就此，可从大珠慧海的一段问答体得：

有源律师来问："和尚修道还用功否？"

师曰："用功。"

曰："如何用功？"

师曰："饥来吃饭，困来即眠。"

曰："一切人总如是，同师用功否？"

师曰："不同。"

曰："何故不同？"

师曰："他吃饭时不肯吃饭，百种需索；睡时不肯睡，千般计较。所以不同也。"

律师杜口。

宗门示现的最大慈悲

就如此，谈禅家身影，剑客、诗人、老婆，乃为有效的切入。从这切入，禅家的身影不仅立体鲜明，禅家生命在情性、见地、工夫、风光上的一线相连，你也才能有机领会。

这身影，从剑客的杀活临时、诗人的心月孤圆，到老婆的日常油盐，既都是学人为证得"万古长空"而有的修行锻炼，也都是已悟禅家"一朝风月"的境界映现。学人能于此相应，踏迹而寻，悟，就不再只是此岸空疏的想象；禅，就不再只是吉光片羽的机锋，更是活生生的生命实在。而禅家在此既如千峰映月，各具其姿，学人正可选峰而登，同观此月。

谈禅、习禅，这立体鲜明的身影非常重要，有它，学人就更能确信"修行，诚不我虚"，更有信心在这条路上"有为者亦若是"。正如此，我在《禅——两刃相交》中乃有了这句话：

悟者的存在是宗门对众生示现的最大慈悲！

的确，基本不言慈悲的禅，就在这自家身影中，为众生示现了生命透脱的可能，映现了它最深的慈悲。于是，不谈宗门便罢，要谈，你就必须说此身影。而也正是灯录中的这些身影，才让我在年轻时就走上了习禅之路；一路以来，它更是时时萦绕我心的根柢参照；而如何能让学人清晰地看到此身影，更就是近年来我以禅家之姿，无论在接引学人或论述写作上的重要切入。

正如此，你若有心于禅，何妨就从这剑客、诗人、老婆的拈提，试着去照见自己生命在宗门的可能吧！

第一部

胡文卿 摄

禅为剑刃上事

世人谈禅，多有误区！

误区，一来自对"禅"字的泛解与滥用。

所谓泛解，是"禅"字原来虽是"禅那"之简称，系诸宗共法之"定学"，但南禅大盛，宋后单举"禅"字，基本即指"祖师禅"。

"祖师禅"是指初祖达磨西来，传至六祖慧能，往后更"一花开五叶"的禅宗，以之有别于"教下"诸宗的"如来禅"。然而，当今之滥用，又何只将禅字含赅"如来禅"，且更及于诸方之灵修、冥想。如此谈禅，固满足了空泛的憧憬与想象，却让诸法比附，甚乃邪师当道。

误区，另一则来自对宗门浮面宽泛的印象。

禅，吸引人，尤其吸引文人、艺术家、知识分子，他们醉心于禅的诗情机趣、脱落洒然。在此，没几许禅意，说什么兴味空灵；没几许机锋，谈什么物外出格。但如此说禅，在宗门，正乃"丧身失命"！

"以禅为美、以禅为学、以禅为趣"，系文人、艺术家、知识分子之所长，但真要说禅，就得回到道人的原点！

禅，毕竟是佛门之一宗，它是翻转生命的修行，而修行，是"化抽象哲理为具体证悟之事"，禅，相较于教下诸宗，既"不立文字，直指人心"，核心而不共的映现就只能是禅家自身的生命。谈禅，你若没能观照宗门具体的锻炼，没能契入鲜烈清晰的禅家身影，只以它为机趣、为文化、为美学，就"离禅远矣"！

身影，由锻炼而得，要有悟前的锻炼，才有悟后的风光；有悟后的锻炼，才有究竟的证道。而说锻炼，在禅，正只一句话——

禅，为剑刃上事！

这剑刃上事，是禅修行锻炼的根柢特质。谈禅家身影，就得从这根柢说起才行。

生死事大，直截本源

而为何禅修行，就直称剑刃上事？

以剑喻禅，是因剑与禅皆涉死生大事。剑客在剑上定当前之生死，禅家在参禅中脱无始之死生。对剑客，对禅者，离此生死大事，余皆为妆点。

剑客对决，所恃者唯手中一剑耳！此时，平日在乎之家世、学问、财富、人缘，皆无用武之地。而禅家参禅，以人之颠倒烦恼，正因有执，此执更乃多生以来之结使——无始无明，是生而有之的执着——俱生我执，它何只时时起着作用，即连我们以为的"圣行"之事，亦只是让生命从这一处二元分割又跳入另一处二元分割的牢笼而已。正如此，修行，你就须如剑客仗剑般，直截本源，若迷于家世学问财富人缘而荒疏于剑，最终，也必将命丧剑下。在禅，何只要你以此态度面对世法，及连佛法诸事亦然，所以达磨才会如此答梁武帝之问：

> 帝问："朕写经度僧造塔不可胜纪，有何功德？"
> 师曰："无功德！"

这回答多利落截然！只有临对决之境的剑客，才会尽扫妆点；也只有以"死生为一大事"的禅家，才会佛魔俱扫、凡圣同遣。寂室元光就曾说道：

> 参禅本大丈夫事，一片身心铁打成；你看从前诸佛祖，阿哪个是弄闲情！

所以说，以禅为剑刃上事，是认得"只此一事"，余尽为妆点；以剑喻禅，更因只有将自己置于绝境锻炼，生命才有彻底透脱的一天。正所谓：

> 学道须是铁汉，着手心头便判；直趣无上菩提，一切是非

莫管。(李遵勖)

北条时敬更直接就说:"若有切腹的勇气,就来参禅吧!"切腹,是将自己生命置于绝境;在禅,将自己生命置于绝境,是禅者"不予自己生命以任何可乘之机"。论剑,不能纸上谈兵;对决,更须无有渗漏。剑客,以彼为敌,在禅,此敌,却是思虑世界习气随身的自己。

正如此,紫柏达观一日因客至欣喜,未依往例先礼佛方进食,及至举箸入口,顿然警觉,遂告知事,有犯戒者,须痛责三十棒,且不许力轻,否则重增六十棒,知事不知是谁,紫柏乃伏卧于地领棒,直打到皮肉漆黑,乌肿如墨。

的确,正因无明幽微,想截断葛藤,就须有如此"脊骨纯钢"的修行。紫柏"刚猛精进,律身严苦,恒常露坐,不避风霜",严厉处让同时代的憨山德清都"不寒而栗",称他"末法降心,力拔生死之根,如一人与万人敌者,予独见师其人也"。其修行,正是禅家的"高高山顶立,深深海底行":

问:"高高山顶立,深深海底行,意旨如何?"
师(云居简)曰:"高峰深海,迥绝孤亮,似汝闺阁中软暖么?"

这非闺阁软暖之事，德清道忞说"高高山顶立"是"只处峭峭"，"深深海底行"是"深勘履践"。

看话禅的有无俱扫

"只处峭峭"，是将自己立于孤危之境，在此，何只如教下诸人以命似危卵自惕，更须时时警觉二元思虑的生起，时时提防闺阁软暖之事的吸引。禅家过的因此是"一钵三衣，夜不二宿"的云水生涯，不仅让自己远离惯性之环境，更由此照见自身之罩门，警醒无明之幽微。

禅是"自性自悟"的法门，说禅者"只处峭峭"，在摒除一般的依附之外，更强调"大悟不存师"，"逢佛杀佛，逢祖杀祖"，临济义玄的话就如此说：

> 道流，尔欲得如法见解，但莫受人惑。向里向外，逢着便杀。逢佛杀佛，逢祖杀祖，逢罗汉杀罗汉，逢父母杀父母，逢亲眷杀亲眷，始得解脱，不与物拘，透脱自在。

夹山善会也有此语：

> 僧问夹山："拨尘见佛时如何？"

山云："直须挥剑！"

"见佛挥剑"，是要"打得凡心死，许汝法身活"，在修行这但作圣解之求，在道场这但作圣解之地，想想，又是何等地不容易！

宗门的公案锻炼正聚焦于此，为将可能的无明幽微荡尽，祖师所设之禅关，如"婆子烧庵""丹霞烧佛""南泉斩猫"等，往往毒辣难当，就要你斩却平日据之以立的思虑、不假思维的习气，乃至随生命而有的我法二执，由此见地大开。而学人之参，亦须如两刃相交，不须臾离此，有日才能破茧而出。

总之，对境对己，在师在徒，禅家皆"只处峭峭"，而真高手，正"两刃交锋不须避，好手却同火里莲"，就如此，乃绝后再苏。

"只处峭峭"，是"高高山顶立"，"深勘履践"，则为"深深海底行"，说的，就是"做工夫"。

日日行之者谓之工夫，就如剑客练剑，须日日琢磨，毫不稍懈般，禅家要破得无明，契入一如，更非日日做工夫不可，只有如此，才真能"化抽象哲理为具体证悟"。许多人看禅家日日悠游，不知正乃以云水生涯让自己入于峭峭之境；许多人看禅家机趣为务，不知公案之参正在照见自己的无明幽微。而这些，若无深深的工夫做底，云游，也就只是闻莺看雁，公案，更就只为搬弄机锋，恰是丧身立命之举。

说做工夫，前期禅家人人不同，正自性自悟，但无论由何而入，工夫总得做深，所以四祖道信"既嗣祖风，摄心无寐，胁不至席者，仅六十年"。而后世的工夫，则集中在"看话"与"默照"两种行门。

看话禅，是咬住一个话头，如后世最常用的"无"字，学人吃喝拉撒、行住坐卧、语默动静，都与它合一，终至思虑心不起，而透脱大悟。无门慧开有经典的一段话谈此：

参禅须透祖师关，妙悟要穷心路绝。祖关不透，心路不绝，尽是依草附木精灵。且道：如何是祖师关？只者一个"无"字，乃宗门一关也，遂目之曰"禅宗无门关"。透得过者，非但亲见赵州，便可与历代祖师把手共行，眉毛厮结，同一眼见，同一耳闻，岂不庆快！莫有要透关底么？将三百六十骨节，八万四千毫窍，通身起个疑团，参个"无"字，昼夜提撕，莫作虚无会，如吞了个热铁丸相似，吐又吐不出，荡尽从前恶知恶觉，久久纯熟，自然内外打成一片，如哑子得梦，只许自知。蓦然打发，惊天动地，如夺得关将军大刀入手，逢佛杀佛，逢祖杀祖，于生死岸头得大自在，向六道四生中游戏三昧。且作么生提撕？尽平生气力，举个"无"字，若不间断，好似法烛一点便着。

这"尽平生气力，举个'无'字"，与诸方想象中的禅居真乃十万八千里之遥，在这中间，原食不知味，睡不安寝，直至与"无"完全合一，乃破壳而出。如此的修行工夫，正如剑客将自己置于死地，全然豁出，既有"离此剑，即无死所"的觉悟，乃能置之死地而后生。在"看话"的禅家身上，剑客般的峻烈原具现无疑。

"无"字工夫，有说首见于马祖道一的再传弟子黄檗希运者，明版《宛陵录》中就有他这段话：

若是个丈夫汉，看个公案。僧问赵州："狗子还有佛性也无？"州云："无。"但去二六时中看个"无"字，昼参夜参，行住坐卧、着衣吃饭处、屙屎放尿处，心心相顾，猛着精彩，守个"无"字。日久月深打成一片，忽然心花顿发，悟佛祖之机，便不被天下老和尚舌头瞒，便会开大口："达磨西来无风起浪，世尊拈花一场败缺"，到这里说甚么阎罗老子，千圣尚不奈尔何！

黄檗希运与赵州同时，若然，此行法即出现得极早，但它真成为宗门占断乾坤的修行工夫，关键的提倡者，还在宗风峻烈、毫不妥协的径山宗杲。他谈到，行者要以话头"一刀两断，直下休歇"：

> 但将妄想颠倒底心、思量分别底心、好生恶死底心、知见解会底心、欣静厌闹底心，一起按下，只就按下处看个话头。僧问赵州：狗子还有佛性也无？州云：无。此一字子，乃是摧许多恶知恶觉底器杖也。咬个"无"字，不得作有无会，不得作道理会，不得向意根下思量卜度，不得向扬眉瞬目处垛根，不得向语路上作活计，不得扬在无事甲里，不得向举起处承当，不得向文字中引证。但向十二时中四威仪内时时提撕，时时举觉。狗子还有佛性也无？云：无。不离日用，试如此做工夫看，月十日便自见得也。

谈这些按下、这些不得，你即使不知看话禅的真貌，就只这些言句，也可看到他要将一切有无尽皆扫却，在他剑下，"逢者皆丧"。

自己修行外，径山宗杲对站在光谱另一端，举"默观澄照"，强调坐禅的"默照禅"也毫不留情，说默照是"黑山下、鬼窟里的邪禅"。

默照中的坐断乾坤

然而，虽说峻烈的宗杲如此说默照，但默照岂真只有一般以为默观澄照的静寂，它其实一样有论剑的本质。

看话禅一切总杀、一切尽扫，誓将后天二元思虑的惯性扫却。默照的坐禅，则是要让生命契于思虑未生之前的"全体即是"。而要"全体即是""当体无别"，坐禅就不能有任何所求，不能有手段目的之别，必须"全然是坐"，连求悟之心亦不可得，正所谓"正传之坐禅，不可求悟于坐禅之外"（希玄道元）。

为契此"全然是坐"，再无其他，默照禅乃要求禅子以这样的气概来坐禅："如木桩打入大地，一坐实时，纵千山崩坏，大海横决，亦不动摇"；"亦如以剑临敌，不能稍有一丝松懈"。近代禅僧原田祖岳谈这"只管打坐"的坐禅，如此说道："你必须把自己当成凌驾于海面的富士山，必须把你的蒲团当成大地，而你是全宇宙唯一的存在。以这种精神保持完全的警醒。也可以换另一个比喻：打坐时你必须把自己当成即将爆开的气球，或是举着剑向对手劈去的剑客。"

这样的坐禅，应了百丈怀海的一句话：

问："何谓奇特事？"

师曰:"独坐大雄峰!"

除此坐外,再无余事,这是何等气概!有此气概,才好坐禅。日本曹洞开祖希玄道元来宁波天童寺习道,所见是"大宋人得道,皆坐禅也"。他的老师天童如净甚至因坐禅而得褥疮,但不因此稍有松懈;而也藉由这样的坐禅,道元才能"识得眼横鼻直,不为人瞒";如净于死生之际,也才能留下"唉!原来死生不相干"之句。

就因凛然如剑,看来宗风绵密的曹洞,在如今仍保有宋时禅风的日本北陆大本山永平寺,你想进山门修学,求见时,还得先在寺外立雪。而仅粥水一碗的早餐,餐后,寺僧却得两手按抹布,躬身贴地疾驰,将寺中地板擦得如打蜡般。作务行走,正乃"行如风,立如松"之姿。其随时警觉,刻苦自励,固活脱脱就是练剑之人;早晚课之行仪,凛冽风姿,更活脱脱就是剑门中事。

而无论是看话、是默照,论工夫,就是要练得你绵密不透,无有罩门,这样的练法,要求"二六时中,不离这个",即便行者有他务,未能时时如此,禅门也有"克期取证"的行法,如打禅七,让学人闭关,参究大事!

立处孤危，破茧而出

正是这剑刃上事的本质，禅宗何只自我参究如此，锻炼学人亦然，所谓"棒下无生忍，临机不让师"，其严厉峻烈，杀活无情，可谓诸家之最。而就此，初祖达磨已开其端：

本名神光的二祖慧可原已"博览群书，善谈玄理"，却叹言"孔老之教，礼术风规；庄易之书，未尽妙理"，终参于达磨之门，但虽"晨夕参承，祖常端坐面壁，莫测诲励"，光自惟曰："昔人求道，敲骨取髓，刺血济饥，布发掩泥，投崖饲虎，我又何为？"遂于雪夜之际，迟明立雪及膝。

可面对此一赤忱之学人，达磨虽悯，却回以："诸佛无上妙道，旷劫精勤，难行能行，非忍而忍。岂以小德小智，轻心慢心，欲冀真乘，徒劳勤苦"，慧可听此言，乃"潜取利刀，自断左臂，置于祖前"，这才有了下述的问答：

可曰："我心未宁，乞师与安。"

祖曰："将心来，与汝安。"

可良久曰："觅心了不可得。"

祖曰："我与汝安心竟。"

就这问答，却以断臂才求得，可若不断臂，慧可闻言，即便有所得，亦必如隔雾看花。所以说，真提炼学人，就非得以非常手段让学人破茧而出不可，宋代的石溪心月正如此评唱着本公案：

少室门庭冷似冰，可师曾此一沉吟；
夜阑各自知寒冷，莫待齐腰三尺深。

前两句举慧可之疑，后两句为达磨代答。参禅如学剑，剑客对决，既无以假手他人，学人禅悟，亦只能自己破茧而出。

而欲将学人逼至绝境，破茧而出，历史上最著名的锻炼手段，则是德山棒、临济喝。

德山棒是：

道得也三十棒，道不得也三十棒。

之所以道得道不得都三十棒，正因无论是道得或道不得都在有无中转，你得将这两端都打掉，逼学人悬崖撒手，他才能绝后再苏。

临济喝是：

有时一喝如金刚王宝剑，有时一喝如踞地金毛狮子，有时一喝如探竿影草，有时一喝不作一喝用。

无论此喝是断其葛藤，还是函盖乾坤，是引蛇出洞，还是罔其伎俩，都在让学人身陷绝境。

身陷绝境，才能跳出！这毒辣手段，是杀人刀，更是活人剑。淳庵净就曾以蜘蛛喻之：

立处孤危用处亲，一丝头上定乾坤；
渠侬不是夸机变，要与众生断命根！

立处孤危，无所依附，乃能随处检点。锻炼学人，须就此孤危之境而设，方家教徒，只有箭锋相拄，断无纸上谈兵。而既是实战，学人也就非一味挨打。师徒相勘，是宗门不同于其他法门的一大特质，在此"棒下无生忍，临机不让师"，有就有，没有就没有，彼此相瞒，就丧身失命。师徒互为棒喝，正是剑客之间的相互惕励，临济、黄檗、隐峰、马祖等师徒互勘的故事乃流传禅史。

直取骊珠，诸家皆剑

禅，正是如此，既须截断众流、尽扫无明，非得有尽其一切的气概、全然斩断的决心、二六时中不离这个的工夫不可。而无论禅家悟前锻炼是自哪而入，悟后风光系自哪而出，根柢地，都离不开这"剑刃上事"的本质。

剑刃上事，以五宗而言，当以临济最突出，其宗风正所谓"青天轰霹雳，陆地起波涛"。而在临济成宗之前，马祖道一、南泉普愿、黄檗希运则已显此杀活。到临济义玄，既直举"孤轮独照江山静，自笑一声天地惊"之气概，至径山宗杲，更就将此剑刃上事淋漓尽致地具现在实际行法中。

然而，剑刃上事既是禅锻炼的基底，这样的禅家身影就非临济所独有。过去说云门具帝王气象，是"天子行令，万户封口"，他在人问"如何是云门剑"时，回以一字"揭"，在人问"树凋叶落时，如何"时，答以"体露金风"，这都是禅家接机、剑下无遮之显现。正如此，其嗣德山缘密广为云门学人所用之三句"函盖乾坤、截断众流、随波逐浪"，亦被称为云门剑、吹毛剑。

而宗风细密的沩仰宗，其开山之一的仰山慧寂，当他的老师沩山灵佑问他"四十卷涅槃经何者是佛说？何者是魔说？"时，他则直答"总为魔说！"

五宗中，最机关不露的是与临济恰成对比的曹洞，但曹洞既以无别之姿坐禅，曹山这凌越临济的气概也就不令人意外：

问："国内按剑者谁？"

师曰："曹山。"

曰："拟杀何人？"

师曰："一切总杀。"

曰："忽逢本生父母，又作么生？"

师曰："拣什么？"

曰："争奈自己何？"

师曰："谁奈我何？"

曰："何不自杀？"

师曰："无下手处！"

而此剑客的禅家身影又何只及于传统之五宗，更是不受拘于宗风而自有风姿的诸方禅家共同的基底。说禅家身影，这剑客禅风原是最醒目、最不共，亦最普遍者。要识得禅，能从此入就得其本。而有这剑刃上事的锻炼，哪天也才能余习尽扫，臻于"见山只是山"之境，到这时，随缘做主，立处皆真，就乃无尽风光。

但也就是这无尽风光，夺人眼目，世人乃常轻忽了禅"两刃相交，无所躲闪"的基底，外人固"以禅为美，以禅为学，以禅为趣"，宗门自身也棒喝成风，沦为狂禅，机锋如林，却尽玩物之举，过去即令人有"门外依旧积雪深，不知谁肯立其膝"之叹，到如今，谈宗门修行，更就只成为世情吟咏乃至闺阁软暖之事了。

于此，欲识禅，总须记得投子大同的一句话：

问："如何是孤峰顶上节操松？"
师曰："平地上着不得。"

平地上着不得，这样的立处孤危，正剑禅一致处。壁立千仞的禅剑训练原"孤峰顶上千华秀，万仞嵯峨崄处行"，月泉同新说这样的禅家身影是：

气宇轩昂大丈夫，寻常沟渎岂能拘？
手提吹毛三尺剑，直取骊龙颔下珠！

投子义青说这样的禅家气概是：

巍巍峭迥出云霄，顶锁水寒势外遥；
坐观四望烟笼处，一带青山万水潮。

谈禅，首先正该识得这直取骊珠的身影与坐断乾坤的气概！

风姿凛冽的杀活

谈禅家身影，不能不从剑客之风谈起，禅者基底都有剑客情性，这情性，一言以蔽之，正乃"风姿凛冽的杀活"。

谈修行，说情性，我常以一句话告诸有缘："与其在理上极力论列不同法门之高低，不如真去了解不同法门与生命情性之关联。"

就义理，论列法门高低诚乃必须；在佛法，隋唐佛学大盛，就因诸宗竞艳而来；修行，你"广学多闻，一门深入"，踏错的机会就少。然而，若将重点太置于此，就会有"以此岸妄论彼岸"之限。常见有解经者，对经中所言十地菩萨境界言之凿凿，在此，只就经文引申原无不可，但若如亲证般议论高低，其情形我就常玩笑却严肃地将之一比：正如幼儿园大班学生告诉小班同学，哪个大学的博士后研究更好般，其务虚不实恐多难免。

当然，如此说，并不代表这些论列就毫无意义，尽管此岸之人确难真说得彼岸实证乃至"言语道断，心行处灭"之境，但一种理论若在此岸已非圆融，所指就必更有局限。只是，尽将心力花费于义理之论列，劳神顿形外，也可能堕于"概念之自圆"而不自知，更何况多数人所谈，甚且都还未触及这理论的自圆。

不多论法门高低，更多观照于法门与情性的关联，是因凡事适才适性就易有成，否则恐未得其利，先蒙其害。正如此，我过去就曾以一句"净土如春，真言如夏，南山如秋，少室如冬"来谈诸宗之接机。

其中，净土以佛忆念众生，以愿力故，一句弥陀，众根普被，就能直造西方，如春风之拂大地。真言则善应万物不同之姿，应病与药，于众生有求必应，所示正如夏日万木竞秀般，让人目不暇给。南山律宗，它要众生收摄诸根，如秋之清严。而起自嵩山少室峰的禅宗，其锻炼接机更就如冬日凛冽，要学人"夜阑各自知寒冷，莫待齐腰三尺深"。这是四宗的基本宗风，它涉及接引示机时的风格，也涉及解脱上所谓"自力"与"他力"的不同强调。

在净土，在真言，特重"他力"。往生净土求诸佛之愿力，真言则以上师相应为依归。相对于此，律宗"以戒为师"，清严与否就在自己。禅，"自性自悟"，更强调自力，正假手他人不得。所以嵩岳元珪说，即便是佛也有"三不能"："佛能空一切相成万法智，而不能即灭定业；佛能知群有性穷亿劫事，而不能化导无缘；佛能度无量有情，而不能尽众生界"。这"三不能"其中之一即为"佛能知群有性穷亿劫事，而不能化导无缘"。

就如此，谈法门，在义理立基、修持印证外，也还得言及它的宗风何置，它相应的生命情性何在。而禅，基底既为"剑刃上事"，剑下讲的是真功夫，两刃相交之际，原虚假、欺瞒、躲闪不得，禅家共同的生命特质乃在"如实"。

不从诸圣

"如实"，看似简单，其实不然，修行，原多有为人相瞒及自我欺瞒处。要能不为眼瞒，真彻底，你须我执、法执尽扫。而对道人，横亘于前且不敢跨越者，正乃"诸圣"。禅因此强调"逢佛杀佛，逢祖杀祖"，禅家都该有"不从诸圣"的气概。而这圣，还不只是那遥远彼岸的佛菩萨，更就是现实上你从之学习的师家。在禅，须"大悟不存师"！

师固为学人啐啄之机缘，亦可为学人修行之障碍。禅家讲"师访徒三年，徒访师三年"，学人须观察勘验于师，真堪为师，乃随其学，但即便如此，仍须不为之所拘才是。

在此，谈"究竟空"的禅门与谈"胜义有"的密教恰成对比。密以上师为"佛法僧三宝之总集"，皈依供养；禅却须"佛魔同遣""不从诸圣"。所以石头希迁说："宁可永劫堕沈沦，不从诸圣求解脱。"而这"不从诸圣"，最直接的体现就在"临机不让师"上，径山宗杲因此有火焚《碧岩录》之举。

《碧岩录》又称《碧岩集》，为圜悟克勤所作。宋代"颂古"

"拈古"风气极盛，雪窦重显著有"颂古百则"，将历代公案用颂古形式，诗意地以文字作"绕路说禅"的拈提，其文字、见地可谓颂古的一个高峰。圜悟克勤则在雪窦颂古的基础上，对公案本身及雪窦之颂古又加以"垂示""评唱""着语"而成此书，书成后即名满丛林，影响后世极大，以至于今，日人仍称其为"禅宗第一书"。但圜悟的大弟子径山宗杲这看话禅的开祖，却有着焚毁《碧岩录》木刻版的一段公案：

> 大慧禅师因学人入室下语颇异，疑之，才勘而邪锋自挫，再鞠而纳款自降，曰我《碧岩集》中记来，实非所悟。因虑其后不明根本，专尚语言，以图口捷，由是火之以救斯弊也。

宗杲所以焚《碧岩录》，正因雪窦与圜悟之悟境再如何之高，所拈禅唱再如何迷人，既落文字，就成死句，虽乃祖师之语，稍一不察，随意举着，就会更蹈误区。宗杲这一焚，是真正的"大悟不存师"，到此，才真显露了禅家该有的生命气概。

这气概，是剑客禅家的根本情性，有此，你才能面对两刃相交，而此情性，也在行者次次的两刃相交中愈趋坚固。你闺阁软暖，你贪着便宜，你犹豫不决，就进不了此门，即便进了，也只能丧身失命。宗杲正是这样的剑客禅家，所以教学时，他峻烈严厉，说"宁以此身代众生受地狱苦，终不以佛法当人情"。

他批评默照是"黑山下、鬼窟里的邪禅";临终辞世,弟子希望他留下辞世偈以示后人,以昭宗风,他则大斥,说:"无偈便死不得也?"这气概,真佛魔尽扫!

以道交锋

正是这样的不以佛法当人情,高峰原妙才如此锻炼着断崖了义,而断崖了义也才如此自剔:

了义十七岁时闻高峰警策语,前往依止,高峰要其参"一归何处"话头,且授名曰从一。

妙公每呼从一,一每应诺。公曰:"牛过窗棂,头角四蹄都过了,因甚尾巴过不得?"一罔措,自是"一归何处"与"牛过窗棂"话结成一片,如碍铁围。或间求示,非拳则棒,一又疑拳棒与本参岂相干耶?偶过盏盂塘,见松梢雪坠有省,即举似公曰:"不问南北与西东,大地山河一片雪。"声未已,又被痛棒打退,不觉陨身崖下,同学扪萝救之。

一乃誓限七日,昼则桩立,夜则攀树临崖,露立达旦。未及期,大彻,扣关大呼曰:"今日瞒我不得也!"

公曰:"作么?"

曰:"大地山河一片雪,太阳一照便无踪。自此不疑诸佛祖,更无南北与西东。"

妙公乃上堂曰:"我布漫天大网,打凤罗龙,不曾遇得一虾一蟹。今日有个蟭螟虫撞入,三十年后向孤峰顶扬声大叫。且道叫个甚么?"举拂子云:"大地山河一片雪。"

一便夺拂子云:"尽大地有一人发真归源,我悉知之。"公便下座。

这样的气概,教学上是"一棒一条痕,一掌一握雪"。而其间,何只师者高峻,学人自惕,彼此之间尤不相让,唯以道交锋,所以高峰原妙印可断崖了义后,断崖了义却就"大悟不存师"地直接夺其拂子。而五台隐峰之于其师马祖道一,更就在日常啐啄间直示于此。

马祖道一是不世出的禅者,南禅所以大兴,就因他与石头希迁分别弘化于江西、湖南,由是,天下禅子尽入江湖,"往来憧憧,并凑二大士之门矣"。禅家大开大阖之宗风更自马祖始,一家三口皆坐脱立亡的庞蕴,曾与马祖有段知名的问答:

初参马祖,问曰:"不与万法为侣者是什么人?"祖曰:"待汝一口吸尽西江水,即向汝道。"

一个以"绝待"究竟事相问,一个则告诉你,学人须在此言语尽断，但马祖要遮庞蕴之问，用的却是"待汝一口吸尽西江水，即向汝道"这般大开大阖的一句话，灯录记载马祖是"牛行虎视"，即此一句话亦可想见。

然而，面对此不世出的大禅家，受教于他的五台隐峰却毫不稍让：

师一日推车次，马祖展脚在路上坐。师曰："请师收足。"祖曰："已展不缩。"师曰："已进不退。"乃推车碾损祖脚。祖归法堂，执斧子曰："适来碾损老僧脚底，出来！"师便出于祖前，引颈，祖乃置斧。

师能以脚相试，徒能以头临斧奉陪，到此，才真"临机不让师"，才真佛魔同遣。而也只有如此"如实的不让"，师徒之间在道的路上乃能有真正的不疑：

诸方尊宿示灭，全身火浴得舍利甚多，唯真净禅师舍利大如菽，五色晶莹而又坚刚。谷山祖禅师，真净高弟也，多收敛之，盛以琉璃瓶，随身供养。妙喜（宗杲）游谷山，尝试之，置于铁砧，举槌及之，砧锤俱陷，而舍利无损。岂非平昔履践明白、见道超诣所致耶！

这是大慧宗杲亲见而记于《宗门武库》之事。宋僧真净克文火灭后，舍利既大如豆，又晶莹刚固，其徒谷山祖以琉璃瓶盛之，随身供养，宗杲游方至谷山，要求勘验，置于铁砧，以铁锤重击之，砧锤皆下陷，舍利却无损。

想想！真遇此情形，一般道人又何敢如谷山祖般接受勘验，毕竟，若舍利毁了，一定意义下不只显示师徒修行仍有未逮，更就令四众信心崩解。而谷山祖敢如此，固有师徒在道上的相知，更根柢的，还因禅家面对修行的如实。在禅，有就有，没有就没有，欺瞒不得。可虽说欺瞒不得，真拿舍利，尤其是师父之舍利相试，这又需何等气概！

决绝无恋

而这样两刃相交的气概，又何只在临敌临境时所需，更就用以面对自己。修行，在禅，是"不予自己以任何可乘之机"。禅家说"临机不让师"，要一切尽扫，但师真会成碍，关键更在自己。在禅剑修炼上，你有漏泄，就为敌所乘。而这敌，还往往假"师"与佛菩萨之名而来。

正因有此自省，正因强调两刃相交，正因生死立见，以剑名闻天下的宫本武藏才能转身即为武家禅者之身，而其气概、其绵密，正可见于以下之传说：

武藏以岩流岛一役，击杀天才剑手佐佐木小次郎而臻于天下无双，但小次郎之情妇之后即千里狙杀武藏。一日，武藏于院落脱衣洗澡，觉后方有杀气，一回头，则见一女子已拿荷制短铳对准自己，尽管后来对方为武藏凌厉无畏之气势所慑，未扣扳机即逃，但据说武藏终其一生就再无完全裸身洗澡过。如此，正不予敌人与自己以任何可乘之机。也就因这样的绵密不透、这样的气概无悔，以剑入禅的武藏，后来在剑禅不二、画禅一如上的成就乃得以旷绝古今。

这样不离死生制敌的锻炼，是禅的本色，就如佛鉴慧懃所示：

千溪万壑归苍海，四塞八蛮朝帝都；
凡圣从来无二路，莫将狂见逐多途。

这本是谈"不二"之诗，但放诸禅之修行、禅之情性也非常贴切。"狂见逐多途"正是诸多学人之限，你真要凡圣双泯，就得直捣黄龙，不假他顾。正如此，即便梁武帝"写经度僧造塔不可胜记"，达磨依然以"无功德"回之。禅家之使剑正在断此学人"逐多途"之思。

论剑，须"不予敌人可乘之机"，但原点更在，"不予自己以任何可乘之机"。你要能不离死生制敌，锻炼上就须有气概无悔的决绝。这决绝原是禅者须有的情性，但在剑客禅中尤为凸显。决绝，是万缘俱放，但最难也最要则在能斩断自己，你要直捣黄龙，就得斩断后路，正如此，武藏在剑道与爱情间乃只能选其一，而镰仓中期著名的美女千代野更就以这样的决绝之心来求法：

千代野，家世显赫，倾慕者无数，最著名的追求者还包含当时的后嵯峨天皇，以及执政的武将北条实时，但据传她在定中得神祇点化，但愿成为神之爱侣，对世间追求乃皆不允。

之后，在一次禅师说法中她体悟到，此身终有衰败的一天，遂开始有修行之念，其间又经历了父亲的征战与去世，她一方面感叹生灵涂炭，一方面又临亲人的死生无常，出家之念遂更坚定。但尽管如此，许多寺院却坚拒其出家之求，直至在常乐寺遇到了渡海而来的宋僧兰溪道隆。

兰溪初始也没接纳她，他对千代野的道心原无所疑，担心者乃座下五百僧徒恐为她所迷。千代野至此方知出家求道最大的障碍竟就在自己的殊胜美貌上，为示决心，她最终用火钳子夹着烧炭烫伤了自己脸庞，兰溪这才收留了她。

千代野这样的决绝，是再无反顾。正如剑客对决，一剑出手，赢即赢，输即输，你只能承受，既要走上练剑之途，就须觉悟手中唯此一剑可恃。禅，是独行道，求道之心如此，锻炼行持如此，只有这样，才能不自欺欺人，才能不为眼瞒，才能直捣黄龙。

而如武藏、千代野这类的事例，在常人看来固属骇然，但对死生摧逼炽烈、性格直捣黄龙的行者，却也是一种生命的"自然"。

就如此，这不从诸圣，这直捣黄龙，这决绝无恋，既使禅家直面生死，风姿凛然，也使得缺此情性的寻常人更向往之。而禅，就以此风姿，夺世人眼目，真习禅，这更是学人必须具备或至少贴近的一个关键情性。

利落如实

谈习禅，常有一个误区，即空泛地以禅"唯大智慧、上上利根人能学"。然而，智慧与机巧既常只一纸之隔，一般以为的聪慧利根，也常反过来就成为习禅的障碍。而其实，学禅真正的关键，并不在一般以为的聪慧，更在学人是否有干脆利落、一断永断、不从诸圣、直捣黄龙的情性。

当然，对一般人来说，如宗杲、隐峰、武藏、千代野这等峻烈的生命，真乃不敢想象，但禅剑所指也不就只这些禅史与人格上的极致典型，像德山宣鉴参学龙潭崇信之事，对寻常人而言，就既堪表率，又足亲近。

德山精究律藏，于性相诸经，贯通旨趣。常讲《金刚般若》。时谓之周金刚。尝谓同学曰："一毛吞海，海性无亏。纤芥投锋，锋利不动。学与无学，唯我知焉。"后闻南方禅席颇盛，师气不平，乃曰："出家儿千劫学佛威仪，万劫学佛细行，不得成佛，我当搂其窟穴，灭其种类，以报佛恩。"

德山原来是在义学上通达无碍之人，教下都以成佛须三大阿僧祇劫，因此见到南方"魔子"讲"直指人心，见性成佛"，他就誓要"直捣黄龙"，灭其魔窟。在这里，德山虽是讲经之人，毕竟剑客本色。

遂担《青龙疏钞》出蜀。至澧阳路上，见一婆子卖饼，因息肩买饼点心。

婆指担曰："这个是什么文字？"师曰："《青龙疏钞》。"婆曰："讲何经？"师曰："《金刚经》。"婆曰："我有一问，你若答得，施与点心。若答不得，且别处去。《金刚经》道：'过去心不可得，现在心不可得，未来心不可得。'未审上座点那个心？"师无语，遂往龙潭。

百卷《青龙疏钞》，遇到婆子一问，竟无用武之地，于是德山追到了婆子所示的源头——龙潭崇信处参学。剑下无语，只有实参，德山虽还未入室，却依然剑客本色。

至法堂曰："久向龙潭，及乎到来，潭又不见，龙又不现。"潭引身曰："子亲到龙潭？"师无语，遂栖止焉。

龙潭引身，一示谦，一示己正乃龙潭，一更示，既须亲到，以德山未悟，又怎知龙潭之境？而真亲到，德山即龙潭。

一夕侍立次，潭曰："更深何不下去？"师珍重便出，却回曰："外面黑。"潭点纸烛度与师。师拟接，潭复吹灭。师于此大悟。

你以为剑下有可恃之物，可恃之人吗？只有彻底截断此依附，截断无始以来的惯性思虑，才能跳出。

潭曰："子见个什么？"师曰："从今向去，便不疑天下老和尚舌头也。"至来日，龙潭升座，谓众曰："可中有个汉，牙如剑树，口似血盆，一棒打不回头。他时向孤峰顶上，立吾道去在！"师将《疏钞》堆法堂前，举火炬曰："穷诸玄辩，若一毫置于太虚。竭世枢机，似一滴投于巨壑"，遂焚之。

端的剑客之姿！原来要灭此魔子，及至发觉不然，便亲往侍立，待得承其法要，就将一世所立的文字玄理付之一炬，如剑客般一样的凛然气概，一样的杀活同时，杀的是文字，活的则是那无火之明、无师之智。

总之，你谈剑客禅，无论你接的是峻烈严厉的宗杲，还是利落如实的德山，翠岩可真的这句话总值得你一参：

丈夫自有冲天志，不向如来行处行！

林佳颖 摄

照破山河，直劈死生

谈禅的特质、禅的宗风、禅家之身影，不能不谈及"悟与辞世"。甚且，就禅作为"了生死"的修行而言，这"悟与辞世"更该是学人观照的核心。

"悟"，是宗门之特举，行者从不同法门亦能悟道，但以悟为核心宗旨者，唯在宗门。

以悟为核心，是仰山慧寂所说的"只贵子眼正，不说子行履"。知见既正，行履就乃顺理成章之事。在教下，这知见，是义理之体得；而宗门的"开悟知见"，则是指你亲证本心，直接了知离于生灭的"本来面目"。正因实证此"见得"，亲尝法味，乃知佛所言不虚，正可蓦直行去。

宗门重悟，一是亲证就不疑，一是如此就不为眼瞒，透脱证道就乃迟早之事。

悟道与证道的并举

但谈禅，悟之外，更得及于辞世。辞世虽是人人必经，寻常人在此亦只能"接受"，可宗教却就以"超越"此死生之"天堑"而存在；换句话说，"生从何来，死从何去"，这生命的根本叩问，正是宗教的立基。

可在此，我们虽会问"生从何来"，生命却早于此问题而存在；至于"死从何去"，则虽未至却又随时会来；且不仅于此，死，既是"已得之灭"，乃更让人惶惑不安。于是，虽说死生之超越是宗教之立基，但宗教的观照却更以"死从何去"为核心。在此，无论是上天堂去极乐、下地狱堕轮回，行者何只该有其立论，更须显得其风光，才能昭信诸方。而这风光，在印度教、佛教、道教这类以生命能经由修行而直接解脱的法门中，尤其重要，它们也在此尽显风采。

但虽说皆具风采，禅，却占断古今。

然而，谈禅家身影须谈辞世，固因死生是宗教观照之原点，宗门又在此尽显其殊胜，但还有一个原因则是，不谈此，就容易混淆"悟道"与"证道"的同与别。

诚然，悟，使道人亲证本心，故宗门特举悟。但悟，其实仍可有一时之悟、透脱之悟的分别。行者悟后若不保任，悟，也可以只成为"遥远、美丽、模糊的回忆"。这保任，六祖"避难于猎人队中，凡经一十五载"，香林澄远是"四十年方打成一片"。只有如此，行者的悟境才能坚固纯熟，最后乃真能入于随缘做主、立处皆真之地，此时，才能谓之"证道"。

而从"悟道"到"证道"，无论需时多久，辞世，却就是修行最终的检验。此时映现的一切，较之悟，风光乃远为实然，乃更无所躲闪，一个道人也许有悟而所证不深，也许真打成一片，也就不好瞒人！

正如此，谈宗门修行，悟道与证道，就须一时并举。谈禅家身影，这悟与辞世更是关键的两块。

月指尽忘、豁然进出的悟

悟，是亲证本心，用另句话讲，悟，是"生命全然契入直观的状态"。直观，是与物无隔，身心至此乃完全释然，透脱自在。平常生命，像被锁在茧中，悟，则是破茧而出，豁然开朗，眼前正是一片全新的世界。

要悟，须涤荡一切思虑，但人毕竟习气随身，真要打掉此无始无明、俱生我执，就须将行者逼至绝境，正所谓"打得凡心死，许汝法身活"，如此乃能"悬崖撒手，绝后再苏"。

正因是逼至悬崖，正因是一切打掉，在连"我""法"都放下时，这脱离二元对立的生命，就有了过去没有的豁然感。而这豁然、这翻转，因太激烈、太戏剧，也就成为外人眼中对悟乃至对禅的最主要印象。

的确！要逼至悬崖，才能有生命的大翻转，正如此，悟者多有其"不经一番寒彻骨，争得梅花扑鼻香"的锻炼。而以此峻烈严厉之姿直接攻坚者，主要则见于临济禅者。后世从临济所生之看话禅，更是咬住一话头，荡尽所有恶知恶觉，即便生命再有如何眷恋，也须在此彻底斩断。

就这样，剑客禅两刃相交，无所躲闪，不从诸圣，直捣黄龙，势既猛，不悟则已，一悟就有照破山河之感，正如茶陵郁山主开悟时所示：

> 我有神珠一颗，久被尘劳关锁；
> 如今尘尽光生，照破山河万朵！

悟的实证，原乃"言语道断，心行处灭"，但茶陵郁山主此诗却广传于世，关键正在"照破"两字，寻常人读之，虽未亲证，也好想象，到此，山河大地正另一番景象。

照破山河万朵，这整体刹那照破的豁然，是剑客禅家悟道典型的经验。而这大破后的大立，就如兴教洪寿所示：

> 扑落非他物，纵横不是尘；
> 山河及大地，全露法王身。

大立，须待大破，要大破，教学间得峻烈纵横，自参时须逼至绝处，乌石世愚说此是：

时时睹面不相逢，吃尽娘生气力穷；
夜半忽然忘月指，虚空迸出日轮红。

这忽然，是逼至极处的一转，但这一转何时而来，人人机缘不同，所以禅说此是"时节因缘"。香严智闲是芟除草木，抛瓦砾击竹作声而转；茶陵郁山主是乘驴度桥，一踏桥板堕之而转；玄沙师备是游方参学，携囊越岭，筑着脚趾，忽然忆道"身非实有，痛从何来"而转。过去灯录写悟，往往淡扫几笔，就说因击竹、因堕桥、因筑脚而悟，世人读之，还以为这是"悟之因"，其实它只是"转之缘"，所以法云法秀会如此起学人疑情：

二月春庭雨霁时，小桃红绽两三枝；
红白争妍人尽见，因何灵云独不疑？

世人尽见桃花，却只灵云智勤一人睹桃花而悟，关键哪里在桃花，关键是在之前的"逼至绝处"。

到这绝处一转，月指尽忘，悟境迸出，这经验既超出言语、心行之外，所起的行为乃有时狂喜，有时奔走，有时长啸，真要说，亦只能如曹山本寂所示：

焰里寒冰结，杨花九月飞；
泥牛吼水面，木马逐风嘶。

既非思虑所能解，却又腾腾机用、处处生机。楚石梵琦就将这悟道之机与悟道时的现量之境说得如此活生生：

崇天门外鼓腾腾，蓦札虚空就地崩；
拾得红炉一点雪，却是黄河六月冰。

他闻西城楼上鼓鸣而悟，鼓大作，悟翻转，这大开大阖，言语难尽，但经他如此写来，众生虽未真契于此，读之却也能有受用。

这种溢乎常情的无碍，白云守端说临济之悟，说得好：

一拳拳倒黄鹤楼，一踢踢翻鹦鹉州；
有意气时添意气，不风流处也风流。

悟，正是如此翻转，如此蹋破天地，它不同于"有省"，不同于"恍然"，是禅家亲证的言语道断之境，而此境，最直接映现于禅家的剑客之风中，到此，才真稍许摸得何谓"凡圣俱遣"，寻常人读之也就有相似脱落之感。

坦白说，没剑客禅对悟的直举，你还真难想象生命可以有如此剧烈的翻转，还真难有一切世情到此只能止步的感叹。

悟，是宗门之特举，它直示生命之翻转，对悟的观照更直接映现着行者对禅的领略。但虽说如此，悟的当下，毕竟仍只是刹那间之事，真道人风光，还须将此悟境透于二六时中才可，到此，行者之悟才不只是一时之腾跃，而是与生命的完全合一。

临终一着，直面勘验

正如此，谈悟的禅门也最重勘验。此勘验，要看道人之悟，是真悟还是假悟；是贯于二六时中之悟，还只是一时之悟；是已彻底翻转之悟，还是仍在"有省"的途中。而其最终也最根柢的检视，则在死生风光。

死，不仅是"临终一着，绝无再来"，辞世与悟更有不同，它不像悟境般，有时真假难辨。死，千古艰难，于己既不好遮掩，辞世又常有人在侧，道人的真实风光就好观察，能被检视见证者就多。而禅家在此，精彩则为诸家之最。

为诸家之最，原因无他。盖诸家之死生往往就在神异处显其境界，但也因神异，事情反如神话般，既难取信于未入门者，即便信，也往往就以当事人原乃天生神异而视之，正如密乘行者之辞世，多言神变，可除非你亲证，否则谈此也就像在谈彼岸之事。禅家就不同，它所示现的，原乃寻常人因修行而证入的非寻常风光，直入人心的力量乃远非他家所能比。

禅家之辞世既是在寻常生命上显其非寻常风光，行者因情性、宗风不同，所现样态就多，所谓"同生不同死"，所"证"固一，所"显"则别，在此，或气概或颠覆或游戏或平常或大美，不一而足，而剑客禅之现，首先即在气概上。

这气概，青原齐说得好：

昨夜三更过急滩，滩头云雾黑漫漫；
一条拄杖为知己，击碎千关与万关。

而草堂善清不仅直面辞世，更就直接斥"死"这"千古大限"的来临是：

夜来明月上高峰，元来只是这个贼！

死生临头，寻常人能不彷徨惊惧者几希，而禅家之剑，就如此直面死生，可以气概满满，可以朗朗乾坤。

但剑客禅又何只直面死生，他更直劈死生。

这直劈死生，已非世间气概，更因死生无别。宋僧无学祖元在元军陷温州，寺僧逃避一空后，自己仍留在所住持之能仁寺，静待元军，而当刀剑临颈之际，却以下面这首诗，让元军收刃而去：

乾坤无地卓孤节，且喜人空法亦空；
珍重大元三尺剑，电光影里斩春风。

死，对寻常人艰难，但临死，却正好让道人我法尽舍、人空法空，到此，是死是生，原如春风临闪电般无碍。

就如此，千古艰难的一死，倒常成为道人能否灭却心头，完成生命转换的"境界现前"。

这境界现前，令人动容的犹有快川绍喜。

快川为日本战国名将武田信玄之师，驻锡甲斐惠林寺，后织田信长以其拒绝引渡逃入禅院之敌兵，将一干僧众驱赶于山门楼上，以火焚之，临此，僧众一一于佛前趺坐，快川则为之说法，并要僧众各呈心印，最后他则以一句"安禅不必须山水，灭却心头火自凉"率僧众悉入"火定"。

这"火定"，骇人听闻，但在禅门，它却不只出现在先天就较刚猛的男众身上：

　　日本室町时期的慧春尼，其貌美及出家正如镰仓之千代野，其兄了庵慈明为最乘寺开山，悟彻洞上宗旨，他以妹貌美虑僧自乱而拒其出家，慧春尼乃以火箸烧伤己脸，了庵遂竟其志。出家后的慧春尼精进办道，大有荐悟，机锋纵横，往往惊倒僧家。而其辞世时并无预警，自己就在最乘寺门前石上积薪起火，安坐而死。了庵闻讯赶至，问："尼！热否？"慧春尼一句："冷热他人不能知"，泊然而寂。

风叫万岳，月照千峰

　　的确，死生之际，正冷热他人不能知。可虽不能知，剑客禅家依然以其大死大活之姿震撼着我们，正如龙济宗鍪辞世所示：

　　一灯在望，更无言说；
　　大地平沈，虚空迸裂。

　　非入"现量"，直接证得，你就难以会得此世界，但即便以"比量"之心读之，这粉碎虚空的气概仍令人震撼不已。
　　这样的例子在辞世偈中特多，大沩慕喆真如说是：

　　昨夜三更，风雷忽作；

云散长空，前溪月落。

云屋慧轮说是：

动静本无相，去来又无踪。
风叫万岳，月照千峰！

原来，死生并非如常情所揣摩的，就是一切的结束，禅家正多在此跨越四大分离，直示生命可以有的根柢转换。

因可以有此转换，禅家死生乃不只是庄严之事，它更常示任运腾腾，芙蓉道楷的辞世偈就这样说：

吾年七十六，世缘今已足；
生不爱天堂，死不怕地狱。
撒手横身三界外，任运腾腾何拘束。

而一些看似颠覆诙谐的辞世身影之所以独见于宗门，其实也都来自这剑客禅风的予夺纵横、游戏自在。正如性空妙普庵主曾遭贼难，临刑却"愿得一饭以为送终"，吃完饭后还索笔自写祭文，有"坦然归去付春风，体似虚空终不坏"之句，最后更以"劫数既遭离乱，我是快活烈汉，如今正好乘时，便请一刀两断"要求于贼，而使贼惊退般，有此鲜烈身影，乃能游戏死生：

宋绍兴庚申冬,造大盆,穴而塞之。修书寄雪窦持禅师曰:"吾将水葬矣！"壬戌岁,持至,见其尚存,作偈嘲之曰:"咄哉老性空,刚要馁鱼鳖。去不索性去,只管向人说。"师阅偈,笑曰:"待兄来证明耳！"令遍告四众,众集,师为说法要,仍说偈曰:

坐脱立亡，不若水葬；

一省柴烧，二省开圹。

撒手便行，不妨快畅；

谁是知音，船子和尚。

高风难继百千年，一曲渔歌少人唱。

遂盘坐盆中，顺潮而下。众皆随至海滨，望欲断目。师取塞，庠水而回。众拥观，水无所入，复乘流而往，唱曰：

船子当年返故乡，没踪迹处妙难量；

真风遍寄知音者，铁笛横吹作散场。

其笛声鸣咽，顷于苍茫间，见以笛掷空而没。众号慕，图像事之。后三日，于沙上趺坐如生。

而与其师马祖道一有"已展不缩""已进不退"问答，且"碾损祖脚"的五台隐峰，则有"倒立而化，亭亭其衣顺体"的传奇。两人皆宗风峻烈，却又游戏死生。

唯用一剑活人眼目

的确，剑客禅之于死生，之于锻炼，正如明招德谦所言，是：

一百年中只看今日！今日事作么生？吾住此山四十年，唯用一剑活人眼目。

这一剑让你占断有无，超越生死，独坐大雄，有日乃能如五台智通辞世所示：

举手攀南斗，回身倚北辰；
出头天外看，谁是我般人？

而其实，这一剑真逼拶，有时连死生的"坐脱立亡"也不放过：

　　九峰在石霜作侍者，霜迁化后，众欲请堂中首座接续住持，峰不肯，乃云："待某甲问过，若会先师意，如先师侍奉。"遂问："先师道：休去、歇去、一念万年去、寒灰枯木去、一条白练去，且道明甚么边事？"座云："明一色边事。"峰云："恁么则未会先师意在。"座云："尔不肯我那？装香来。"座乃焚香，云："我若不会先师意，香烟起处脱去不得。"言讫，便坐脱。峰乃抚其背云："坐脱立亡则不无，先师意未梦见在。"

　　这是究极的剑客家风，虽未直示锋刃森然，却壁立千仞，逢者皆杀。你尽管坐脱立亡，但只"明一色边事"，是只明纯一、绝对之"一色"境，仍未有"打破两端"的究竟解脱，九峰在此昭示世人，真死生勘验，你还得更具只眼。

　　正如此，这剑客禅的剑，何只在逼拶学人至极处，何只在辞世时任运腾腾，且在坐脱立亡间更有一问地活人眼目，常人即便未能入此现量之境，甚乃也还未转身寻剑，但只要思及死生，也必然能从剑客禅家的身影中，多少有那"脊梁挺直，奋声一喝"的触发！

第二部

诗人

金春枝 摄

心素体太初

从"禅为剑刃上事"这原点来看，"以禅为美"是世人看禅的一个大误区，毕竟，禅是"了生死"之事，而美，固有其生命之直抒、境界之延伸，却仍乃世法依恋之事，耽溺于美，就又成生命另一缠缚。君不见多少骚人墨客、才子佳人，都在此自伤伤人，无有了期。

然而，虽说不能就"以禅为美"，但会有此误区，也正因禅生命、禅文化渗透且映现着世人眼中的美。禅画、禅诗是艺术中醒目的一支，禅空间、禅庭园、茶道、花道亦卓然成脉，让人不由此看它也难。

的确，禅文化充满美感，而此美感则缘于禅生命之特性，且犹有进者，此特性还关联于禅修行的根柢特质。

一种平怀，泯然自尽

这特质来自禅所举的"不二"。"不二"，是不落两端，生命以此乃能契于法性，与物无隔。而艺术，尤其是诗，正是不落概念、不落理路的直会，禅与诗在此乃自然交会。

禅特举"悟"，悟，正是契此不二之境，是生命全然契入直观的状态。而悟者的生命既契于不二，物我一如，正可以"全然是诗"。

这物我一如的直观能力人人本具。近世禅家铃木大拙对禅最大的贡献，就在让西方知识界接纳了人类在理性、感性外，还有直观能力的事实——尽管在东方，人可以有这能力，几乎已不须说明。

而说可以有，是因寻常人平时并不在此状态中，禅的锻炼，就在让你契入此直观之境。

谈禅的契入直观，其修行与映现，可以用三字概括：破、悟、当下。

"破"，是众生习气既深，欲回本心，禅就直举"只破不立"，如此才能荡尽所有分别而"悟"——亲证那"不思善，不思恶"的本来面目，之后，也才能"即事而真"地活在"当下"。

的确，"破"，是禅的不共。在此，魔来魔斩，佛来佛斩，逢者皆丧。然而，破是"已生而扫"，但人却也有"直体无生"的能力，艺术创作上的灵感、寻常生活中的直觉，都是生命一种"直契无隔"的状态。所以，如果你能直体无生，并将此无生之境扩大深化，也能臻于悟境。

就如此，有无俱遣的宗门，在破之外，竟也发展出"全体即是"的修行法门，而这，就是与"只破不立"的"看话禅"颉颃的"默照禅"。

默照禅是宋僧天童宏智所倡。他说"真实做处，唯静坐默究"，这坐，要"廓然独存而不昏，灵然绝待而自得"，它"得处不属情，须豁荡了无依倚，卓卓自神，始得不随垢相，个处歇得"。所谓默照，正"默默忘言，昭昭现前。鉴时廓尔，体处灵然"(《默照铭》)，是让生命直契无生之地。这无生，"元不借他一毫外法，的的是自家屋里事"，你能"清心潜神，默游内观"，就能直体那"虚极而光，净圆而耀"的当体，他示学人：

　　若是分晓汉，不从佛，不从祖，学禅学道，学佛学法，唯是自己。肯休肯歇，肯放肯落。是时一丝不沾缀，一糁不停留。放教与天地合、虚空等。一切事消烁，一切心混融。浩浩荡荡，是一个真实人体。若是头角尽，踪迹绝，歧路断，心意忘，是个彻头无生无死底时节。不教尔退一步，亦不教尔进一步。三世诸佛，同此时证；六代祖师，同此时悟。要个时惺惺照得破，寂寂体得到。

　　这样的默照，其究极，"默而照，照而默"，是"纷扰之时常隐隐，闹嘈之处却得闲"。行履上，要"一种平怀，泯然自尽"，而具体的切入就在坐禅。但这样的坐禅，已非教下"戒定慧"三学"由定生慧"的次第坐禅，也非天台教学中"止观等持"的坐禅，而是六祖"定慧不二"的坐禅。

定慧不二

定慧不二，是六祖对禅的最大拈提。

在教下"戒定慧"的次第中，"戒"是诸宗的共同基底，有此才能断除恶习，增长善根。解脱智慧则是佛法修行的究竟，从它乃能了脱生死缠缚。而能如此，"定"，则是关键。

"定"是摄心一处，《佛遗教经》所言"制心一处，无事不办"，有"定"，你的见地才能坚固。修行，"散心发愿，其愿不成；深心发愿，其愿乃成"，"定"，就是让生命入于深心之境，如此，抽象的哲理才能化为具体的证悟。

定，不只在禅门、佛教中有，它更是诸教之共法。但虽说是共法，虽都提制心一处，要如何制心，诸家却又有不同见解。在此，既各显自家之殊胜，亦各有自家之危区。而会有这些"定"的不同，则因于各教不同的"慧解"。

正因如此，虽说由定生慧，在习定之时，也就得兼及慧解，否则"定"就是邪定、顽空，甚乃由此障碍智慧，君不见：许多修行人一坐数小时，却无有应对境界之能力，就因于此。所以说，"戒定慧"三学义理上固有次第，实修上却不是一关过了再做另一关。

正是观照于此，天台宗的教学乃特别标举"定慧等持，止观双运"。但尽管如此，说"等持""双运"，定与慧、止与观就还是两件事，慧能提出的"定慧不二"则不同。"定慧不二"是"即定之时，慧在定；即慧之时，定在慧"，定慧原只是"本心"应缘之外相，外显虽有别，在内则为一。以此，修行法门固有"从定而慧"与"由慧而定"者，其究竟，却须"定慧一事"。

犹有进者，定慧既是一事，修行何只可以从定生慧、由慧得定，它还可以直入"定慧不二"的原点。

这是慧能对禅的最大贡献，由此，乃教下即教下，宗门即宗门。原来，达磨禅仍可见教下之影子，到慧能则完全是宗门之风光。

非思量

然而，慧能虽有此拈提，落实则端在禅门诸家各自的掌握，而直接就此契入者，主要在青原一系。

青原行思为六祖座下，后世的禅门五宗，皆出自他与南岳怀让。青原下出了与马祖道一分领风骚的石头希迁，而石头之下的药山惟俨就留有这样的公案：

师坐次，有僧问："兀兀地思量什么？"

师曰："思量个不思量。"

曰："不思量底如何思量？"

师曰："非思量。"

这非思量，正是默照的关键，由此，直契一如，全体即是。他还有谈及此的另一公案：

一日石上坐，石头问："汝在者里做甚么？"

师曰："一物不为。"

曰："恁么则闲坐也！"

师曰："闲坐则为也。"

曰："汝道不为，不为个甚么？"

师曰："千圣亦不识！"

石头以偈赞曰："从来共住不知名，任运相将只么行。自古上贤犹不识，造次凡流岂可明？"

这"千圣亦不识"，是"圣亦不生"之地，是"不触事而知，不对缘而照"（《坐禅箴》）的自足之境，也是天童宏智所称的"语默不到处，古今无尽时"。

天童宏智是将"定慧不二"具体化而为"默照禅"的关键人物，到他，"定慧不二"的坐禅行迹乃俨然，样态清晰，终能流芳千载。

只管打坐，身心脱落

默照行法是天童家风，日本曹洞宗开祖希玄道元宋时参于天童如净，所见是"学道之最要，坐禅是第一也。大宋人得道，皆坐禅之力也"。就如此，他在如净门下坐禅三年，终至"身心脱落"。

这身心脱落，让道元说道：

> 只见天童先师于等闲，认得当下眼横鼻直，不为人瞒，便空手还乡。

的确，既"清净妙明，是诸人本所游践处"，则又何须外求。于是，比诸几位宗派开创者的遣唐、遣宋僧，如真言的空海、天台的最澄、临济的荣西，他们都带了大量的文物回日本，道元的回乡，还真是"空手还乡"。

这"空手还乡"，成了日本曹洞的根本家风，而其行持，较诸意义稍广的默照，以日人的专一，更就聚焦于实际行法的"只管打坐"。

悟者，只管打坐。

从参践知识开始，乃至烧香、礼拜、念佛、修忏、看经，一概不为，只管打坐，得身心脱落。

坐禅为佛法全道。

坐禅即是坐佛、作佛，行佛自受用三昧。

这样在打坐时"即契直观，照默同时"，比诸看话禅的"有无俱遣，一切尽扫"，正一个是"绝待的肯定"，一个是"绝待的否定"；一个是让思虑不生，一个是荡尽思虑。一立一破，家风自然大异。

举破的"看话"，将"禅为剑刃上事"这宗门的原点、这禅家生命共同的基底彰显至极致；而默照"心月孤圆，默照澄观"，"光境俱亡，复是何物"，外形就内敛许多。而既时时入于全然直体，也就富于诗人风姿。

诗禅一如

诗是意象、直观的语言，悟是全然契于直观的生命状态，悟者，遇境直下，自然成诗。只是，剑客禅的直下，虽亦有诗的当机，有诗样的机锋，但更多时候，这直下，更就是剑客的两刃相交，是无可拟议的对决。在此，要么，就荡尽诸相，要么，就直示禅者的凛然之姿，占断乾坤，如临济义玄的"孤轮独照江山静，自笑一声天地惊"。

相对于此，尽管默照之坐禅，尤其在推至极致的"只管打坐"中，禅家亦须如临对决般，将整个身心全然置于剑下，有剑客凛然之气概，但除非绝然的"只管打坐"禅者，否则比诸看话禅家，其风姿更多的，则是诗人禅的风光。也所以，天童宏智的语录几乎通篇诗语，寻常人即便不参究其修行之内证及履迹，直就诗情领略其语，亦常能深深触动于心。

例如：他谈"体在用处，借位明功"，说的是"翡翠踏翻荷叶雨，鹭鸶冲破竹林烟"。说悟，是"野色更无山隔断，天光直与水相通"。谈悟道生涯，则"户外有云从断径，坐中无照胜然灯"。连垂示默照，也说道："人平不语，水平不流。风定花犹落，鸟啼山更幽。只么天真无少剩，莫于里许着丝头。"

相对于宏智，道元则以佛既为证道之人为何仍现坐相，而说佛之坐乃"证上之修"，真正的坐禅是"修证一等"，是"坐佛、作佛"的坐禅，在这里，他将坐禅推至极致，其风姿与宏智的诗性已有不同，这坐，就带有"独坐大雄"的气概，就更有剑客的不动之姿。但即便如此，道元所创的永平寺，寺外引道上也仍镌刻着道元一首名为《本来面目》的和歌：

春天的花、

夏天的杜鹃、

秋天的月，

还有冬天那冷冷的雪啊！

　　而从日本曹洞生命情性所衍生的茶道、花道、俳句、禅庭园，在后世，更就以艺术的风貌深深触动着世人。

　　所以说，谈诗人禅风，这直抒境界的诗性，其实正深映在默照一系的知见与行法中，在此，"默默照处，天宇澄秋"，心如镜体，自然"知音者鉴，默照者神"。

　　而虽说诗为曹洞家风，但悟者生命既必有其诗性，历来非曹洞中人，也就常有在此直示者，如长沙景岑：

游山归，首座问："和尚甚处去来？"

沙云："游山来。"

座云："到甚处？"

沙云："始从芳草去，又逐落花回。"

　　又如密云圆悟与费隐通容的师徒问答：

师问："熏风自南来，殿阁微生凉，汝作么生会？"

曰："水向竹边流出冷，风从花里过来香。"

长沙景岑是五宗分灯前之禅者，密云师徒则是临济禅家，却都以诗"借位明功"。

正是这诗性，正是示法时的"借位明功"，禅者虽不专务于诗，于诗亦常一二句而足，但既契于直观，禅史一路以降，禅诗之量就大，而其中尤多触动人的单传诗句流布于宗门内外，例如："心月孤圆，光吞万象""千峰锁翠，万木含烟""月落潭无影，云生山有衣""一夜落花雨，满城流水香""秋光芦花两岸雪，夜寒桂月一船霜""深秋帘幕千家雨，落日楼台一笛风"等等，它们或直指万古长空，或映现一朝风月，或谈体用之际，以禅成诗，以诗契禅，读者在此直体，亦自有一番风光。

就如此，真要说寻常人"以禅为美"，还真其来有自！只是这美，不应是世间有无差别的追逐，而是无心体道的直观。

这"心素体太初"的默照直领，我曾以三首诗写之：

修证本一如，欲证不待修；
默照有生意，独坐自澄秋。

既将有无没，何计桥水流？
风铃今愈脆，只因斋更幽。

布衣原荡荡，默照自如如；
斋空纳寰宇，心素体太初。
古池一蛙跃，春日万景舒；
谁言禅下客，只沉空与无？

若问默照境，难以世情抒；
不将思虑对，即此独坐足。
空斋飘落叶，孤月映江湖；
唯因绝所待，乃契万象初。

了得此，就真领得宗门之诗人家风！

现前直领的诗心

在禅门，宗风之现，一在知见工夫，一在接机示法，一在悟后风光。就此，谈知见工夫，诗人禅是直契"全体即是"的默照修持；而谈示法接机，禅，根柢原"吾宗无一法予人"，它要你不沾不黏，即便示法，亦最破系统理论，以系统严密，人就更死于句下。而要不死于句下，接机就须"默有余味"。这默，正在诗，所谓"不着一字，尽得风流"。

这尽得，是直契，不要你在思虑中寻三逐四，而是入于当下。全然地活于当下，是方家锻炼始得，但直契当下，亦可以是一般生命就有的经验，寻常人、未悟者就在这里契于禅心。

诗，重情性，主意象，不好说理。严沧浪以禅入诗，诗主盛唐，在《沧浪诗话》里，他以"盛唐诸人，唯在兴趣"，认为当时诗坛主流的江西诗派既"以议论为诗，以才学为诗，夫岂不工，然于一唱三叹之音，犹有歉焉！"

的确，"诗者，吟咏情性也"，世间之诗，须富情性；唯禅家以诗示法，更主意象。盖说情性，仍多世情起落，而意象，则是生命整体契入的当下。

当下整体，再无其他，如"掬水月在手，弄花香满衣"，你也许习焉不察，也许粗心对物，也许思虑不专，所以轻忽而过，但禅家一举，就让现前生动跃出。

这样的拈提在宗门遍处皆是，它既缘于悟者生命之特性，也因于方家唪啄学人之所需。但要谈行者是否即为诗人禅之禅家，则不能就以此应机而足，当事者更须在情性、见地、工夫、风光上一体显现此种禅风才行。也就如此，诗性尽管常成为外界对禅的主要印象，但以此总体而示的禅家在历史上却远不及剑客禅的蔚然大观。

所以如此，一因"剑刃上事"原为禅之本质；另一，也因后世"临天下，曹一角"的历史发展，能如曹洞默照之直领诗心者原较稀微。此外，还因剑客禅既以"万里无云，众生低首"之姿应世，禅家主体的生命形象鲜明，就更夺人眼目，正如"德山棒，临济喝"，既以一法破万法，这人与法也就鲜烈映世，峻烈凛然。

但尽管如此，谈禅，若少了诗人禅风，正如临济独盛的中国，也难免一偏。以此，这一系的禅风仍需学人好好领略。

语默不到处，古今无尽时

在此的清晰身影首推天童宏智，一部《天童正觉禅师语录》基本就是以诗语直抒悟境、以诗语接引学人的身影记录。

他的家风又可从另一事看出：面对大慧宗杲不遗余力地批判默照禅为"黑山下、鬼窟里的邪禅"，他自始至终，从无辩驳，彻底守住了一个"默"字。

这默，不是世法中的不争，是"寂寞家风自照，真常境界独游"，是"虚极而光，净圆而耀"，既自知独明，乃不假外求，起落又何有哉！

而有意思的是，宗杲之辟默照，原在佛魔同扫，所示的，也正是宏智所举的"莫于里许着丝头"，或正如此，晚年二人竟定生死之约，宏智遗偈予宗杲，有"钝鸟离窠易，灵龟脱壳难。我无你不去，你无我不行"之句。这钝鸟、灵龟之说，后人就有以之为两家宗风之形容者。

宏智的真默，"须坐得断、放得下、及得尽、照得彻。光影俱忘，皮肤脱落，根尘净尽，自然眼目分明，受用具足"。而既用心若镜，入于当下，乃在语默动静、示法应机时自然映现出现前直领的道人风光。

总以最直接的"境"示法，是天童家风。正如此，他谈工夫路头，是"晓风摩洗昏烟净，隐隐青山一线横"；说行履相应，就"松风清未休，水月淡相对"；谈安居生活，固"转侧芦汀飞鹤鹭，亡机林壑混渔樵"；举"唯证相应，言传不到"，乃"万年松境雪深覆，一带峰峦云更遮"；说"生而无生"，既"欲问春消息，梅华总不知"；谈究极风光，就"望断冥鸿没处秋，苍苍一色天连水"。

而下面一段话虽非诗之格律，却也意境十足，正诗人家风：

> 好！兄弟！古者道：若论此事，譬如沧溟上客，梦泛兰舟，月渚烟波，随情放旷。衲僧家！须知有者般手段始得，于无松地，驾没底船，月载风行，水栖云卧。烟波万顷，任去任来。芦雪一湾，乍出乍没。不居两岸，岂滞中流？长天未晓野云横，古渡无风夜蟾舞。若也片帆不挂，短棹俄停，混融天水无痕，清淡家风有在。

谈诗人禅，宏智是个典型，他示法应机皆以诗语，以默照工夫直显生命随处的无心体道，在他身上，几乎觉察不到"禅为剑刃上事"这宗门不移的基点。只有在他说"肯休肯歇，肯放肯落，坐得断放得下，及得尽照得彻"时，真领会者才知此地工夫绝非一般闺阁软暖、伤春悲秋之世法可及于万一。

也正如此，默照到日本既转成希玄道元的"只管打坐"，就直说行者一坐定，须有"大地立桩，虽天崩地裂，山摇地动，犹不稍改"的气概，到此，默照就又明显地接于"禅为剑刃上事"的基点。而宏智不在此着墨，除自身情性与工夫外，或许也与他想全力弘扬有别于看话的默照有关。

的确，在禅，无论看话、默照，都得有"独坐大雄"的气概，否则就"狂心逐多途",然而,宏智的"特例",却让我们能从见地修持到悟后风光,一体领略"即此全是、全然是诗"的风光。

尽管宏智之全体映现是宗门较孤有的例子,但无论教内教外,诗禅风光却始终是许多人对禅的主要印象,甚且就直以"佛教的一个艺术性宗派"来说禅。

会如此,一因历史中留下了大量的禅艺术,尤其禅诗;二因禅家生涯的确映现了诗的生命风光。另外,也缘于一些经典禅语"以诗说禅",能直接让人会得"无心体道"的当下。

说历史中留下了大量的禅诗,是因用诗偈是禅家的传统。佛门向来用偈,以好记诵;禅家则在诗偈间更多用了诗。偈,毕竟在聚焦教义,虽好记诵,却缺形象之直观;诗不然,它大化无形,更符合中国的文体。

然而,谈禅诗亦须有所分梳。许多禅理诗虽说以诗的文体出现,但既说理,就缺意象,严格讲,不能算诗。另外,许多悟道、示寂诗超乎凡情,即便不说现量世界,也自有它跳脱语言的特质,这种壁立千仞一般也引不起艺术领略。因此,真要谈禅诗,就须聚焦于那些意象鲜明、境界引人之诗。

禅家不以诗为务,有诗,多来自生命境界之直抒,既无心体道,乃触目而抒,所抒的,常就是禅家生活的物外风光,正所谓："山水随缘好，乾坤日夕宽；偶然成一偈，万事不相干。"（楚石梵琦）而禅家生活既在此鲜明映出，以之示法应机，就更好"以事成理"，谈禅，乃"不着一字，尽得风流"。

这类诗，就单一禅家而言，所作常为数不多，但诸家汇集，数量就可观。而以其鲜明之物外意象，行外人既深深触动，自然就以之为禅，所谓"禅是佛教的一个艺术性宗派"的印象正由此而来。

这样的诗句，以示法而出的名句，在知名的"始从芳草去，又逐落花回""常忆江南三月里，鹧鸪啼处百花香"之外，还有许多，如："夜静水寒鱼不食，满船空载月明归""我来问道无余说，云在青天水在瓶""一钵千家饭，孤身万里游""微风吹幽松，近听声更好""闻莺看雁缘何事，访尽丛林叩尽关"等。

评唱中的诗语

这些都是在示法中随机映现者，而在禅唱日盛的宋代，诸家评唱公案也常不诉诸禅理，就直接以"境"呼应，如长灵守卓的：

风劲叶频落，山高日易沉；

坐中人不见，窗外白云深！

这诗是对"马祖心佛"公案的评唱：

僧问："和尚为什么说即心即佛？"师曰："为止小儿啼。"曰："啼止时如何？"师曰："非心非佛。"曰："除此二种人来，如何指示？"师曰："向伊道不是物。"曰："忽遇其中人来时如何？"师曰："且教伊体会大道。"

马祖接引学人，有时说"即心即佛"，有时说"非心非佛"，有时道"不是物"，有时"教伊体会大道"，正是作家崒啄，而谈此悟者的大机大用与无可方物，长灵守卓却以一片实境颂出。

花落花开百鸟悲，庵前物是主人非；
桃源咫尺无觅处，一棹渔蓑寂寞归。

这是张商英颂《牛头法融百鸟衔花不衔花》公案所作。法融居山三十年，向有"百鸟衔花"之异，四祖道信遥观气象，知彼山有奇异之人，乃躬自寻访。法融引四祖至庵所，而后有了"犹有这个在"的公案：

绕庵，唯见虎狼之类。祖乃举两手作怖势。师曰："犹有这个在。"祖曰："这个是甚么？"师无语。少选，祖却于师宴坐石上书一佛字，师睹之竦然。祖曰："犹有这个在。"

这公案在观照无明之幽微，连道人亦常不察。但法融于此领受后，却"从兹百鸟不献花"，为何？禅门颂此公案，有从理入，有从境抒，而张商英此作即便离公案，径就诗而读，亦富意境。

寒月依依上远峰，平湖万顷练光封；
渔歌惊起沙洲鹭，飞入芦花不见踪。

这是丹霞子淳颂"二鼠侵藤"公案所作。二鼠指日与夜的无常交逼，这公案在谈人面对此交逼，"须有隐身处使得"，人问龙牙居禅师这隐身处何在时，龙牙回曰："还见侬家么？"而丹霞子淳则以诗境直抒此隐身处。

禅居境界的直抒

以上诸诗，禅家都以"真实之境"评唱，所以如此，正因这本是禅家的山居生活，而也的确，外人对禅诗之印象更多来自禅家自作的山居诗。这诗，或空灵、或洒然，或野旷、或闲寂，或机趣、或朴直，都直显物外之姿，形成对世人的莫大吸引：

天目山前倦鸟飞，寺门高敞向斜晖；

钟声一处尘心落，梵唱悠悠护翠微。（中峰明本）

静听凉飙绕洞深，渐看秋色入冲微；

渔人拨破湘江月，樵父踏开松子归。（云峰文悦·山居）

散尽浮云落尽花，到头明月是天涯；

天垂六幕千山外，清风何处不旧家。（云峰文悦·寄道友）

万事无如退步人，孤云野鹤自由身；

松峰十里时来往，笑揖峰头月一轮。（慈受怀深）

孤猿叫落中岩月，野客吟残半夜灯；

此境此时谁会意，白云深处坐禅僧。（永明延寿·雪窦寺中）

步步残红随远水，一一烟树带斜阳；

横筇石上谁相问，猿啸一声天外长。（云峰文悦·山居）

选得幽居惬野情，终年无送也无迎；

有时直上孤峰顶，月下披云笑一声。（李翱）

一枕烟霞睡未赊，不知春去野人家；

数声啼鸟幽窗外，惊起山僧扫落花。（敬安寄禅）

幽人夜不眠，爱此碧虚月；

凉风一飒然，吹动梧桐叶。（敬安寄禅）

千峰顶上一间屋，老僧半间云半间；

昨夜云随风雨去，到头不似老僧闲。（至芝庵主）

这样的禅居诗正如禅家的破墨山水，是实然生活的直抒，较诸文人写寺院写山居又有不同，更为物外。寻常人既难以参入公案，偈语又难解，这山居云水之诗正好共鸣。所谓禅的诗人家风，更多就来自这禅居生活，及禅家以诗示法的总体印象，而非如剑客禅般，可以很直接明晰地掐指一数就数出如马祖、南泉、黄檗、临济、宗杲这等彻头彻尾以"禅为剑刃上事"的——禅家来。

然而，尽管是从总体而有的印象，历史中还是有少数以诗而为后世清晰认知的禅家，如寒山，如石屋清珙，如憨山德清。

在许多人眼中，这几位是诗僧，是写诗写得好的僧人。然而，他们其实更有自己在禅门中的地位。寒山比较近于"散圣"，生平较模糊，后世则以其为自性天真、随缘放旷的代表；石屋清珙是元代曹洞大家，憨山德清则是明末临济宗匠，两者皆为悟道之人。三人所写，论数量，较多的其实是述禅理的诗偈，但流传于世的主要则为他们的山居诗，如寒山的：

可笑寒山道，而无车马踪；
联溪难记曲，叠嶂不知重。
泣露千般草，吟风一样松；
此时迷径处，形问影何从？

"泣露千般草，吟风一样松"，是以实然的山居之境直现"万古长空，一朝风月"，他的名句还有"吾心似秋月，碧潭清皎洁""碧涧泉水清，寒山月华白""石床孤夜坐，圆月上寒山"等，就将"本心如月"之境随句抒出，这类诗数量虽少，却成为许多人对寒山的主要印象。

相形之下，石屋、憨山的山居诗，更较寒山有禅家生涯的意象：

田地无尘长不扫，柴门有客叩方开；

雪晴斜月侵檐冷，梅影一树窗上来。（石屋清珙）

半窗松影半窗月，一个蒲团一个僧；

盘膝坐来中夜后，飞蛾扑灭佛前灯。（石屋清珙）

平湖秋水浸寒空，古木霜飞落叶红；

石径小桥人迹断，一庵深锁白云中。（憨山德清）

春深雨过落花飞，冉冉天香上衲衣；

一半闲心无处着，峰顶倚杖看云归。（憨山德清·山居）

夜深独坐事枯禅，拨尽寒灰火不然；

忽听楼头钟磬发，一声清韵满霜天。（憨山德清·山居）

万峰深处独跏趺，历历虚明一念孤；

身似寒空挂明月，唯余清影落江湖。（憨山德清）

　　这是禅生活的直抒，而说直抒，正如石屋、憨山诗都常提到坐禅般，没坐禅这类实修工夫，"无心体道"就会像寻常人所谓的灵感般，稍纵即逝，难以深刻，遑论打成一片。可惜的是，宋之后，许多禅僧与文人来往，乐于写诗酬唱，就如文人寄情般，既非实然生活之抒，又多文章词藻之美，所作乃无禅意，虽披僧相，却多世情，诗作虽多，却算不上诗人禅的风光。真论其境其心，反远不如王维"辋川诗"所示之禅境：

木末芙蓉花，山中发红萼；
涧户寂无人，纷纷开且落。(《辛夷坞》)

空山不见人，但闻人语响；
返景入深林，复照青苔上。(《鹿柴》)

飒飒秋雨中，浅浅石溜泻；
跳波自相溅，白鹭惊复下。(《栾家濑》)

人闲桂花落，夜静春山空；
月出惊山鸟，时鸣春涧中。(《鸟鸣涧》)

王维能如此，除诗的工夫外，晚年实一禅者，而即便许多禅家的诗未能如辋川诗般，达到形式与内容的通透合一，但学人若能回到修行原点，从中见到禅家现量之实证，所触动者也必然要远远超越所谓的"美的层次"。

　　就如此，寻常人由诗入禅，既自然而能，乃更好在世法中契于禅，甚且由兹而会得"无心"。但在此，首先须辨得真正悟者与只具禅外相者所言之别；而敏于诗性者，也不能就止于诗情之会心，更应由之接于天童宏智这等禅家的生命风光，触及实证的锻炼工夫，如此，所谓诗人禅风，对学人也才真能起生命修行的功用。

杨荣誉 摄

空斋飘落叶，孤月映江湖

谈禅门之悟，自来多有误区，根柢原因当然缘于所谓的"行外人谈行内事"；但误区，也来自禅门的"临天下，曹一角"。

宗门自来有"同生不同死"之语，其意虽多指涉，但正可就指悟者"所证之万古长空与所映之一朝风月"；所证，皆为平等一如之境的"万古长空"，所映，则因禅家个人之情性、见地、工夫，而显现出不同的风姿。但话虽如此，即便"同生"之"万古长空"，在得悟与保任上，看话与默照仍多有不同。

看话禅以咬住一话头，打死所有思虑，锻炼时，须于行住坐卧皆不离此话头，而既心如铁壁，参学者乃必食不知味、睡不安寝，甚且如愚如鲁，迨生命被逼至极处，却就是彻底翻转之时，到此，只待时节因缘一到，即悬崖撒手，绝后再苏。

而这一苏，既是打破漆桶，破茧而出，正所谓"千年闇室，一灯即明"，生命翻转乃瞬间而剧烈，因此也总伴随着狂喜，有人一笑声闻数十里，有人疾走如癫狂，这种种让寻常人侧目之举，都只因"刹时亲见真实"，是顿然抖落的豁然。

中国禅临济独盛，再加以看话禅之悟如此具戏剧性，这样的悟自然袭夺了教内外多数人的眼目。然而，宗门固以此更有别于他宗，却也带来了一定的副作用。

副作用之一，是以为一悟永悟，不知悟正只"见性"而已。

以修行而言，悟的重要是因学人既亲证本心，体得生命果真能有此境，此后乃不再有疑，不走弯路，正可蓦直而去。

然而，这悟，若不保任，让生命时时居于此境，则以众生之无明炽盛，依然会退转，而最终，一霎的见性，也就只成为当事人遥远、美丽、模糊的回忆。

混淆见性的悟道与究竟的证道，是谈禅普遍的悟区，许多行者甚至因悟狂喜，就以为自己正可任运腾腾，最后却在此丧身失命。

也所以谈悟，你还得知有大悟、小悟之别，还得知悟后更须保任。小悟是一时豁然，不久即出，大悟则相对坚固，而真要达到究竟之彻悟，则须长期"悟后起修"，直至打成一片，不再退转。

副作用之二，是但知临济看话之悟，不知也有曹洞默照之悟。

默照禅之悟，其样态及悟修之间的关系，与看话禅正大有不同。看话禅全身奋入，逼至极处而得大翻转；默照禅则直体无生，虽有翻转，外相却就没那么地剧烈与截然。

池成月来之悟

默照，只管打坐，直体无生，但这样的坐禅又何尝容易，即便举"只管打坐"的行者，其坐禅，多数时候也只在"逼近"这种状态而已。所谓"契入无生"，初期对学人而言，只能是"偶然与片段"的经验，要继续下工夫，它才逐渐会成为行者"常见与连续"的状态，最终，也才真能跃入"一如不生"之地。正如此，在禅者最终契入"悟"此全然直观之境前，仍有逐渐的"明"，最终的翻转也就比较不是纵跃式的截然。

而对这看话与默照不同的"明"，则好有一比：看话禅"千年闇室，一灯即明"的"明"就如同在一般开关上开灯般，明暗是完全对比的，转换之间是一刹的；默照的"明"，则如用微调开关开灯般，是逐渐而终至全然明亮的。学人在此的锻炼如日出月生，从初始契入至全然映现，"池成月来"，往往到最后一刹的跃入翻转，才兴起"原来如此"的终极感叹。

若就"杀活"而言，看话的"翻转"正如分段生死般，死生截然；默照的"转换"就如微细生死般，连绵不断，一路行去，而有最后跃入的"翻转"。

当然，绝然的"只管打坐"，其坐也，既须如临对决般，将整个身心全然置于剑下，其锻炼也在将生命逼于极处，在悟的翻转上，就要比一般默照来得明显。

而尽管默照之直体，与《楞严经》观世音耳根圆通法门最初之入于闻性，工夫还有不同，但经中言及行者所证之逐次愈深愈明，却仍好作学人识得默照之悟的参考：

　　从闻思修，入三摩地。初于闻中，入流亡所。所入既寂，动静二相了然不生。如是渐增。闻所闻尽，尽闻不住。觉所觉空，空觉极圆。空所空灭，生灭既灭，寂灭现前。忽然超越世出世间，十方圆明，得二殊胜。

　　就因工夫与悟之间关系的不同，看话禅较之默照禅，乃更须分别说及悟前悟后，也更须强调悟后起修。

　　看话禅要说及悟前悟后，是因"参话头"本身是个手段，它将学人逼至悬崖，荡尽恶知恶觉，以期破茧而出。悟前，参是"手段"，悟是"目的"。悟后，要不退转则须另有保任工夫，所以特别强调悟后起修。而参话头也不是一次就足，悟境退转或想有更深悟境，皆可再参话头，所以径山宗杲有"大悟十八回，小悟数百回"的传说，就如此，一次次将自己逼至绝境，一次次趋近彻悟。但无论如何，都须有悟境之保任，方能打成一片，"再无余事"。

　　相对于此，默照禅从基本功到究竟地则是连续不断的深化过程，纵然也有悟的翻转，但悟前锻炼、悟后保任，都是同样的核心工夫——默照坐禅，既连绵不断，就没有悟前悟后不同的讲究；既少豁然之后可能的退转，也就不特别强调悟后的保任。

基本功就是究竟法

而说连绵不断，默照的坐禅也不是一般意义下的"渐修"，因为默照的坐，从来就须"全然是坐"。道元直举"不可求悟于坐禅之外"，在这里，"修证一如"，你不能设想有一个"悟"在那里，而打坐是为了开悟，必须"坐禅即是坐佛、作佛，行佛自受用三昧"，不能有手段（修）、目的（悟）之分。

更根柢地说，在默照，"基本功就是究竟法"。道元即曾以佛为究竟之生命，却仍行坐相，说这是"修证一体"，而默照则是"证上之修"。坐，既是修，也是保任，也是受用，学人以此而越坐越好，终至彻悟。

这样的特质，天童宏智有知名的法语：

云门优稳身心，自解随波逐浪；临济变通手段，它能影草探竿。且道，天童门下合作么生？

开池不待月，池成月自来。

宋时，禅门五宗仅余云门、临济、曹洞。云门有帝王气象，所谓"天子行令，万户封口"，又有"云门三剑"："函盖乾坤、截断众流、随波逐浪"；临济则如将军之剑，善引蛇出洞，直取七寸；而相对于他宗夺人眼目的师徒啐啄，曹洞则只要学人默照坐禅，一路行去，池成月来。

这样的修行在让直观之境愈深愈明，学人乃更能无心体道、处处诗心，终成为如宏智般，全然是禅亦全然是诗的生命。

的确，真诗人禅，其修行原"当体即是，池成月来"，他看来默默，却"水清彻底兮鱼行迟迟，空阔莫涯兮鸟飞杳杳"，是洞山良价所说的"不逢一人"，是"直须足下无处去"的修行。而这足下无处，虽不逢一人，行者却就以此接于万物。总之，默照工夫，虽常无惊天动地的境界翻转，却让学人一处有一处的印证，一处有一处的风光。

这样的修证一体，这样的逐次渐明，这样的直体无生，当然也会有那一刹的豁然与超越，但就不似看话般地非暗即明；既少剧烈截然的翻转，自然较无"照破山河"的狂喜，灯录固因此较少着墨，宗门之外也就少人知道有此消息。

一夜落花雨，满城流水香

然而，灯录所记虽少，但既就境直抒，相关记载也就流传禅林：

昔有僧因看法华经至"诸法从本来，常自寂灭相"，忽疑不决，行住坐卧，每自体究，都无所得。忽春月闻莺声，顿然开悟，遂续前偈曰："诸法从本来，常自寂灭相。春至百花开，黄莺啼柳上。"

叶县省和尚，因僧问柏树子话，省曰："我不辞与汝说，还信么？"曰："和尚言重，争敢不信！"省曰："汝还闻檐头雨滴声么？"其僧豁然，不觉失声云："哪！"省曰："汝见个甚么道理？"僧以颂对云："檐头雨滴，分明历历；打破乾坤，当下心息。"

春月莺啼，檐头雨滴，都可让学人直入现前。这大道现前，正如雪窦智鉴所言，是：

世尊有密语，迦叶不覆藏；
一夜落花雨，满城流水香。

然而，虽说大道现前，你真要能入，关键就在无心，契此的禅家因此也就不止于默照行法的禅家。但无论直入是否来自默照，你总须知道若无工夫的锻炼，最终也就只是生命中的浮光掠影，工夫深，有日也才能如孚上座悟道诗所云：

忆着当年未悟时，一声画角一声哀；
如今枕上无闲梦，大小梅花一任吹。

未悟时，瞻前愁后，触景生情，再高的世情也难免以心逐物；到悟后，活于当下，直入大化，就让大小梅花一径直吹。

这样的悟，是现前直领；这样的悟，常出于默照行法；这样的悟，其实也关乎情性。所以参"岩头婆子"这如"南泉斩猫"般壁立千仞的公案，妙总无著尼所示就与别人不同。

"岩头婆子"是典型"剑刃上事"的公案：

岩头全豁禅师，于湖边做渡子。

一日因一婆抱一孩儿来，乃曰："呈桡舞棹即不问，且道婆手中儿，甚处得来？"师便打，婆曰："婆生七子，六个不遇知音，只这一个也不消得。"便抛向水中。

而参此得悟的妙总无著尼呈偈于宗杲，写的却是：

一叶扁舟泛渺茫，呈桡舞棹别宫商；

云山海月都抛却，赢得庄周蝶梦长。

尽管是剑刃上事的壁立千仞，尽管到此云山海月已尽弃，可妙总无著尼吟出的悟道诗却充满诗情。在妙总无著，严厉直参后超越的一跃，并不一定就是照破山河的翻转，也可能只是回眸转身的了然。

谈悟，就悟之深浅，灯录在词语上其实常映现着一定判准，如言"有省""豁然"，就往往只是一时之悟。而这分野，在剑客禅中固须判明，在诗人禅中尤须观照。毕竟，所谓直体现前，正乃许多人不学而有之经验，你若先前不做工夫，事后不做保任，也就稍纵即逝，正如苏轼曾写《赠东林总长老》诗：

溪声便是广长舌，山色岂非清净身！
夜来八万四千偈，他日如何举似人？

山色不动，溪声广长，苏轼于此必有现前之契入，只是，这与大悟毕竟无关。

但虽说无关，既有直领，就能有未来之机，正如玄沙师备所示：

僧问玄沙："学人乍入丛林，乞师指个入路。"

沙云："还闻偃溪水声否？"

僧云："闻。"

沙云："是汝入处。"

偃溪水声，正好契入。所以黄龙祖心示黄山谷闻木犀花香，大龙智洪以"山花开似锦，涧水湛如蓝"谈坚固法身。

山谷一日参晦堂和尚（黄龙祖心），堂云："公所谱书中，有一两句，仲尼曰：'二三子以我为隐乎？吾无隐乎尔！'甚与宗门事恰好也，公知之么？"

山谷云："不知。"

后晦堂与山谷山行之次，天香满山。

堂问曰："公闻木犀花香么？"

云："闻。"

堂曰："吾无隐乎尔！"

山谷释然有省。

问："色身败坏，如何是坚固法身？"

师曰："山花开似锦，涧水湛如蓝。"

然而，诗人禅虽直领现前，最好接机，但其可能的局限，学人仍不可不知。就如剑客禅稍一放浪即入狂禅般，诗人禅稍一不慎也就只为文人之附会，只于空灵物外作美之咏叹，与生命翻转何只无关，更乃益远。

白鸟湮没的示寂

悟之外，正如妙总尼谈"岩头婆子"公案般，面临严厉之死生，诗人禅之示寂，亦就直抒生命之转身，自然、宁静、大美，不似剑客禅般的直劈生死、踢倒须弥，这其中的典型亦可见诸天童宏智：

梦幻空华，六十七年；
白鸟湮没，秋水连天。

死生是四大分离、世情尽散的艰难时刻，但契于法性，道人亦可如白鸟湮没于水天无别之际般自然，洁庵正映谈此水天一色，谈此无二无别，曾有名句：

须知世法佛法，落霞与孤鹜齐飞；古佛今佛，秋水共长天一色。

法语可如诗，但置于死生就难，宏智却在这秋水连天中，让法与佛、生与死一体泯没。

这样如诗的示寂，在宗门虽不如生杀同时、粉碎乾坤的量多与显眼，却从另一向度体现了"生如出岫云，死是行空月"的实相，其转身所示的生机，自然亦让人称叹：

四大既分飞，烟云任意归；
秋天霜夜月，万里转光辉。（径山涂毒）

忘去来机，无依独归；
照天夜月，满地光辉。（山叟慧云）

东沼行脚，北斗藏身；
露千江月，花万国春。（东沼周严）

牧得牯牛住，七十有二年；
如今和雪放，端的蜡梅天。（牧翁性钦）

阳春白雪，碧云清风（大道一以）

白云涌地，明月当天（龙牙智才）

这样的示寂偈多少能让未入现量者，益觉死生之转本乃自然，正所谓：

未审魂灵往哪方，无栖泊处露堂堂；
水向石边流出冷，风从花里过来香。（月林师观）

整个诗人禅风，其示寂就如性天如皎所说：

吾今无暇为君说，听取松风涧水声！

这样地听取松风涧水，要不放在示寂，就容易轻轻略过。死生一着，相较于开悟原更无遁逃之机，所以看类似云淡风轻的辞世偈，如法明上座所留者，你就不能只在字面上转：

法明上座入于酒肆，合光同尘，他临去，如果没有先告众僧"明日当去，你等却莫他往"，次日又即整摄衣裳，安处法座，大唱一声"我去也！听我一偈"而辞世，你又何能只在下述偈中就证其死生一如：

平生醒里癫蹶，醉里却有分别；
今宵酒醒何处？杨柳岸晓风残月。

同样地，回到死生之艰难，你又何能轻轻一谈与唐大梅法常同法号，宋时另一位大梅法常的这首辞世《渔父词》：

此事楞严尝露布，梅花雪月交光处；
一笑寥寥空，
万古风瓯语，
迥然银汉横天宇。
蝶梦南华方栩栩，斑斑谁跨丰干虎？
而今忘却来时路，
江山暮，
天涯目送飞鸿去。

一滴水墨，两处成龙

正如此，就禅门之问答接机，以"开"而示的诗语原差可相抗于以"遮"而示、言语道断、壁立千仞的杀活，而宋后颂古评唱盛行，相关传世之作更乃诗意盎然，不仅意象引人，不仅好接诸学人，更形塑了外人对禅的主要印象。

正如剑是禅家必具的生命本质般，诗，则是悟者生命必有的面相；而就如诸家虽皆具剑刃上事，可临济却在此独领风骚般，这现前诗心，原乃曹洞一系的典型家风。

这样的家风，根柢来自实际的行法；药山惟俨既常"兀坐"，宏智更直举默照，到道元，则极致性地提倡"只管打坐"，总直示实修的工夫。

这工夫，是直体无生，全体即是，所以即便"只管打坐"，坐时须如剑客临敌般，气概凛然，但既无真正"出剑"，相较于剑客禅，则仍是一种自体具足的"自受用三昧"。

这家风，溯其祖，可推至最早青原行思的"既常默然"；天童宏智临谤亦从来"不辩"；而曹洞禅家万松行秀评唱天童宏智颂古之书的《从容录》，书名虽引自所筑之"从容庵"，但相对于径山宗杲所写灯录之名为《宗门武库》，也就直映着这一系的家风。

这样的家风，在宗门，固常掩于剑客禅的气概凛然、杀活自在之下，但世人既偶契直观，它又诗境迷人，你不检点，不参照其行仪而观，不深入其悟境而体，往往也就因它而以禅为美，世情与道心既混为一谈，"见山是山"与"见山只是山"更就无以分辨。

也因此，谈诗人禅风，首先应牢记习禅乃关乎死生、境界现前之事，更须就禅家的实修工夫一体观之，而若离开这不移的原点，以诗入禅，要不成为世法耽溺之事，亦属难矣！

在此的分野，南阳维摩怀说得好：

南阳维摩怀禅师上堂。

僧问："文殊问疾时如何？"

师曰："掬水月在手。"

曰："维摩独卧时如何？"

师曰："弄花香满衣。"

曰："三十二菩萨说不二门时如何？"

师曰："穿花蛱蝶深深见。"

曰："维摩、文殊互相激扬时如何？"

师曰："点水蜻蜓款款飞。"

曰："和尚是僧，如今却读俗诗？"

师曰："一滴水墨，两处成龙！"

　　一滴水墨，两处成龙；诗，一样，既可为世情，亦可为禅境。入世情，成诗之美；入禅境，成道之映。而你是入世还是入禅，关键就在你所具的见地、所下的工夫，学人于此，正不可不慎！

　　而能有此观照，诗人禅风之在，就真能触发我们现前之直领，真能让我们一步步证得山色不动、溪声广长之境。

第三部

严天妤 摄

洗钵吃茶，日用是道

谈禅，总须谈悟，但谈悟，更须谈保任，只有如此，有日才真能与道打成一片。

谈禅，总须谈公案，公案是祖师举似学人的言行问答，这些学人本已舍凡就圣，但圣若成执，圣亦为魔，为破此执，公案更就以"超圣回凡""圣凡双泯"而举。

而谈这保任，谈这超圣回凡，剑客禅、诗人禅外，就不得不举老婆禅。

老婆禅，尘尘三昧，意在平常，是在最平常处锻炼，也在最平常处见道。

这最平常处正指日用。日用是凡，超圣回凡，故特举日用。

诸家超凡入圣，宗门独超圣回凡，正因禅是入不二而安顿的法门，所以长沙景岑有此语：

百尺竿头不动人，虽然得入未为真；
百尺竿头须进步，十方世界是全身。

欲求无死，不如无生

诸家超凡入圣，这圣，或为彼岸之净土佛国，或为生命另一层次之神变异能，总将超越视为离此岸方能证得之事。禅不然，它以真"入于不二"，才得葛藤尽消；只有"死生一如"，方不为生死之流缠缚。能如此，就当下解脱。若不然，圣凡既别，一涉取舍，就又以心逐物，纵所证为圣，亦将落空而亡。黄龙与吕祖的示机，说的正是如此：

（吕祖）道经黄龙山，睹紫云成盖，疑有异人。乃入谒，值龙（黄龙晦机）击鼓升堂。龙见，意必吕公也，欲诱而进，厉声曰："座旁有窃法者。"吕毅然出，问："一粒粟中藏世界，半升铛内煮山川，且道此意如何？"龙指曰："这守尸鬼。"吕曰："争奈有长生不老药。"龙曰："饶经八万劫，终是落空亡。"吕薄讶，飞剑胁之，剑不能入，遂再拜，求指归。龙诘曰："半升铛内煮山川即不问，如何是一粒粟中藏世界？"吕于言下顿契，作偈曰："弃却瓢囊摵碎琴，如今不恋水中金。自从一见黄龙后，始觉从前错用心。"龙嘱令加护。

真欲了生死，不能只求长生。我年少时有感于死生，最初学的也是道家的长生久视之术，高一读佛书句："有起必有落，有生必有死；欲求无死，不如无生"，有省，遂习禅。习禅，因禅直举"无生"。所谓无生，是离死生之念，到此，无爱无取，故无老死，当生即生，当死即死，才真是身心脱落的"了生死"。

　　而这样的身心脱落，固聚焦于分段生死之解脱，但真说锻炼，真说解脱，你就还得在此分段生死之外，更及于诸事缘起之生死，只有任何时刻皆不在起落中转，皆不以心逐物，生命才真达于不二，才有真正的解脱。

　　而谈不二，正是人人有人人的功课。凡人固尽在分别，道人又何尝不是！甚且，因入于圣道，反而更须在此观照。佛眼清远谈此道俗之执，讲得最直白：

　　龙门（佛眼清远）道只有二种病：一是骑驴觅驴，二是骑却驴子不肯下。……山僧向你道：不要觅！灵利人当下识得，除却觅底病，狂心遂息。既识得驴了，骑了不肯下，此一病最难医……此二病一时去，天下无事，名为道人，复有什么事？所以赵州问南泉和尚："如何是道？"泉云："平常心是道。"

　　"骑驴觅驴"是世人通病，更根本地说，它是一切颠倒之源；而"骑驴不肯下"，则是欲离此颠倒之源的道人常又陷入的误区，清远以此病最难医，正因道人自以为居于圣境，返观就少。

　　就如此，禅，对世人谈根柢的本自具足，何须他觅；对道人，则又聚焦于舍舟抵岸，要他圣凡双泯，契于不二。

这破掉道人眼中的圣，在剑客禅，是"文殊仗剑杀瞿昙"，所以"逢佛杀佛，逢祖杀祖"。云门说佛是"干屎橛"，赵州说"佛之一字，吾不喜闻"，德山更如此说道：

> 这里无佛无祖，达磨是老臊胡，释迦老子是干屎橛，文殊普贤是挑屎汉，等觉妙觉是破执凡夫，菩提涅槃是系驴橛，十二分教是鬼神簿、拭疮疣纸，四果三贤初心十地是守古冢鬼，自救不了。

这样的破圣可说是极致了，但说破，也可不必已立才破，亦可直就两者打成一片，以此，有些行者就直立于凡，既在凡中锻炼，也示现"凡圣一如"的风光。

从"见山是山"到"见山只是山"

凡中的锻炼，让凡不再只是原来颠倒缠缚的凡，它让学人触目即是，即事而真，最终臻于青原惟信法语所说的"见山只是山"之境：

> 老僧三十年前未参禅时，见山是山，见水是水。及至后来，亲见知识，有个入处，见山不是山，见水不是水。而今得个休

歇处，依前见山只是山，见水只是水。

原来，修行是从"见山是山"到"见山不是山"，但要证道，却还须一转，从"见山不是山"到"见山只是山"。这时的生命，看似凡，其实已圣凡一事。就如慈受怀深所言"只是旧时行履处，等闲举着便渠讹"。

为示此"旧时行履处"之修行，宗门接机乃有知名的"赵州茶，云门饼"：

僧问云门："如何是超佛越祖之谭？"
门云："糊饼。"

云门这糊饼，正是禅门作家的当机崒啄：你想、你说的，总在超佛越祖，于今，我就用现前最日常的糊饼塞住你的嘴巴吧！

赵州茶亦然：

师问新到："曾到此间么？"曰："曾到。"师曰："吃茶去！"又问僧，僧曰："不曾到。"师曰："吃茶去！"后院主问曰："为甚么曾到也云吃茶去，不曾到也云吃茶去？"师召院主，主应诺。师曰："吃茶去！"

尽管禅门于接事安人向有严格之茶礼，但这"吃茶去"，却不是要学人入于庄严之茶事，赵州外，宗门灯录又出现了几十次的"吃茶去"，都只在掩学人思虑之心，让你直入现前日常之事。

这回到日用现前，赵州还有一知名问答：

问："学人乍入丛林，乞师指示。"
师曰："吃粥了也未？"
曰："吃粥了也。"
师曰："洗钵盂去。"
其僧猛然省悟。

这是"热即乘凉，寒即向火"，在最最平常之事中不失本心。这样的凡，这样的日用，实乃超佛越祖。

而谈"日用是道"，何只因超圣回凡、因超佛越祖，还更以日用之事正好琢磨。

道人专心办道，坐禅、参禅之际，思虑较不易生，但在日常，葛藤习气则幽微而至，所谓"日用是道"，正是要道人能在日用中有锻炼、有体证、有风光，否则行者再如何离群隐居，一心办道，日常中总得吃饭屙屎，此时道又何在？所谓"道，不可须臾离也"，不入日常，就非至道！

正如此，道人乃须入于尘尘三昧、体得尘尘三昧，作家啐啄，亦直示"但尽凡心，别无圣解"：

（龙潭崇信）一日问曰："某自到来，不蒙指示心要。"

悟（天皇道悟）曰："自汝到来，吾未曾不指示心要。"

师曰："何处指示？"

悟曰："汝擎茶来，吾为汝接；汝行食来，吾为汝受；汝和南时，吾便低首。何处不指示心要？"

师低头良久。

悟曰："见则直下便见，拟思即差。"

师当下开解，乃复问："如何保任？"

悟云："任性逍遥，随缘放旷，但尽凡心，别无圣解。"

这"任性逍遥，随缘放旷"不是一般以为的放怀，而是道人的无执，到此，你处于平常，又立于绝待。

就如此，云门乃直接一句：

钵里饭，桶里水。

而连临济这样大开大阖的宗匠，也如此垂示道：

道流！佛法无用功处，只是平常无心。屙屎送尿，着衣吃饭，困来即卧，愚人笑我，智乃知焉。古人云："向外作工夫，总是痴顽汉。"

就这样，修行，乃不止于打坐参禅、机锋问答，它更得日用是道，也只有如此，你才真能打成一片。

"一日不作，一日不食"的农禅

禅强调打成一片，所以如此，固在直示究竟之证道，但更在提醒："悟"，其实只是证道的一个开端，若无保任，依旧会退转。

这保任，须通于十二时辰，所谓"二六时中，不离这个"，如此，方不致使自己又落入以心逐物中。也就因保任如此重要，连以开阖自在、游戏死生而名垂禅史的快活烈汉——性空妙普庵主，也留下了这样的一首诗：

学道犹如守禁城，昼防六贼夜惺惺；
中军主将能行令，不动干戈致太平。

正是要如守禁城般严密，妄心才不致蠢动，所以悟道之后，道人总有一段潜修密行的光阴。这潜修密行，在六祖，是"避难于猎人队中，凡经一十五载"；在虚云老和尚，则是平时无事，眼总只微张，如坐禅然。正如此，你想不心神外逸，就须经过一段外人睹之"如愚如鲁"的日子，才能达致"中军主将，行令自如"的境地。这时间需多长，人人不一，但香林澄远示寂时的这句话却流传千古：

老僧四十年方打成一片。

这四十年，有参禅、有云水、有示机，但再如何开阖，也总离不开日常，在此，正尘尘三昧。而其极致，固遍于二六时中，修行途上，却也须先从某些点上聚焦而入，这聚焦就是宗门的"日常作务"。

谈日常作务，须先溯及百丈的"一日不作，一日不食"：

师凡作务勤劳，必先于众，主者不忍，密收作具而请息之。师曰："吾无德，争何劳于人？"既遍求作具不获，而亦忘餐。故有"一日不作，一日不食"之语流传寰宇矣！

这是宗门农禅的开始，此风且入于《百丈清规》，以"运水搬柴，无非佛事；舂米作饭，正好参求"，显现了禅与诸宗的不同。

僧家在印度原以乞食为生，这乞食，一在让行者不用过度费力营生，好专心办道，一更在锻炼行者的无分别心。乞食时，施肉吃肉，施菜吃菜，施馊水也就吃馊水，是真正"日用是道"的锻炼。

但此风到中国后却大变，僧家受各方供养，虽云受之诸方乃"十方来十方去，共成十方事"，但僧既为三宝之一，供养自必殊胜，以此，僧家坐高广大床、享人天利养者乃比比皆是，"三武一宗"的灭佛，其点燃引信的机缘虽各有不同，但僧家异化的豪奢、寺院坐拥大量田产，则提供了火药。

而法难后，却独有禅，迅速复兴。

迅速复兴，原因之一，是禅家原有作务营生之能力，且更在此作务中锻炼修行，即便被迫离开寺院，弃其僧相，修行上也无蓄发剃发之别，甚且以禅之不二，此还俗还更好"境界现前"。

迅速复兴的另一原因也在于：法难时，不能接受挑战的，也就退转了，而能不泥于圣凡之相者，还俗后既还继续修行，这等生命于宗门才真难得，法难过后，他们的回巢，反成为宗门的一种汰芜存菁。

正如此，径山宗杲被教令还俗十五载，仍"冠巾说法"；憨山被逼还俗十八年，参禅着书不断；芙蓉道楷不只被迫还俗，还被黥面，仍无损于道行及接众。而大梅祖镜法本在宋徽宗宣和初年诏命天下僧尼"易佛为道"后，道冠道服，及至诏令恢复僧籍，众皆改服，他却仍一袭鹤氅，直至十二年后示寂时，才逐次脱下鹤氅，丢弃简板，抛掉道靴，拱起拄杖喝道"今朝拄杖化为龙，分破华山千万重"而逝。

在禅，外相原无损其"生死之了"！

有日常作务，才能营生，在日常作务中锻炼，才好不被僧相所执。而虽说"日用是道"通于"二六时中"，是屙屎、用饭、睡觉皆不离此，但真切入，则是先以一事之作务为焦点来锻炼。禅院中，你是园头，就好好种菜；你是饭头，就好好做饭；你是茶头，就好好负责茶水。禅门如此，日本与禅相关的职人文化亦由此而生，许多公案应机更就在作务中完成：

雪峰普请畲田次，见一蛇，以杖挑起，召众曰："看！看！"以刀芟为两段。师（玄沙）以杖抛于背后，更不顾视。众愕然。峰曰："俊哉！"

剑客禅家亦谈日常作务，这像"南泉斩猫"般的示现，就在畲田中出。

诗人禅虽不似剑客禅般大悟翻转后须特别强调日用保任，

但他既直领现前，自然就不离日用。而后世在日本发展出的茶道花道，其实也就是在默照如诗般的家风上，契入日常之事而成的生命锻炼。也所以，以茶圣千利休之尊，谈茶道，亦只"烧水点茶"而已。

"日用是道"之拈提就如此通于诸家，只是在剑客禅风、诗人禅风外，有些禅家更直示此日用，成为老婆禅风。

近现代禅文化显眼之一系

然而，历代祖师之成就固不能离此日用是道的绵密修行，宗匠亦常就此示法立言，但日用既朴实无华，夺人眼目处就少，灯录记载亦不多，学人只有在少数如《憨山大师年谱注疏》这等记载详尽的祖师行仪中，才好窥及祖师这绵绵密密、机关不漏的一面。

但也许是民族性使然，在日本，以此行仪传世的，则为宗门显眼之一系，如大愚良宽、如仙厓义梵等皆是。而近世——尤其在欧美，之以禅为"简单过日子"，主要并不来自禅生命归零的拈提，而是透过像铃木大拙这样的禅家之笔，在一些日本老婆禅家身上所取得的印象。

总之，老婆禅虽朴实无华，却直契禅的基点，宗门诸家也都必须在此锻炼。而能见及此，在悟道与证道间就不致混淆，狂禅、文字禅之弊亦可稍抑。只是，学人在此依然常见误区，知见上以"见山是山"为"见山只是山"，无核心锻炼工夫，就率意将世情连接于大道者，正多矣！最终乃只能沦为浮面的生活禅，有心人能不慎哉！

真习禅，就要能不落此病，扎实于工夫，贯通于日常，哪日打成一片，也才庶几可能！

随份饮啄，机关不露

禅的本质乃剑刃上事，这是"理"上的必然，毕竟众生无明炽盛，习气又幽微难防，只有如此方能斩却；但就"事"而言，这样的剑刃上事亦须经过一段历史的发展乃成。大开大阖、生杀予夺的宗风从马祖道一起，经南泉普愿与黄檗希运，及至临济义玄，身影凛然，遂成宗门主轴。所以唐、五代禅大兴时，丛林一片棒喝杀活，此风延续至宋，临济下的杨岐一脉尤将之推至极致，让后世仅存的临济与曹洞成其"临天下、曹一角"之势。

马祖道一系六祖的再传弟子，属中土禅宗的第八代，气吞牛斗由他而显，但之前的宗门并不如此。

不如此，一因南禅真盛，关键在马祖道一与石头希迁"二大士"之弘化，六祖之前固命若悬丝，六祖与其下的南岳怀让、青原行思，也仍在温养保任的阶段。

原因之二，当然与禅家个人的情性有关。所谓"万古长空，一朝风月"，所证虽同，所显则异。

前期禅家的日用是道

在此，达磨胡僧，仍保留了来自天竺的禅修与神秘，他"面壁而坐，终日默然，人莫之测"，谓之"壁观婆罗门"，在民间更留下了"一苇渡江，九年面壁，耳闻蚁斗，只履西归"的传说。

二祖慧可则以一百〇七岁高龄仍为人嫉害，"怡然委顺"，可见当时处境之难。三祖因此避居皖公山，往来司空山间，"居无常处，积十余载，时人无能知者"。至四祖稍出，他"既嗣祖风，摄心无寐，胁不至席仅六十年"。五祖宗风稍扬，但仍僻处黄梅。这几位谈传承都不易，在宗风阐扬上仍只是过渡角色。

六祖是樵夫出身，其悟道直显的是夙世之慧，但既避衣钵之争，又为保任，乃避难猎人队中一十五载，而后出来弘法，亦始终不离岭南，所以尽管他是开启中国禅的关键人物，举扬了"邪正尽打却，菩提性宛然""定慧不二"这样超越于教下的修行，但其风格，许多时候，却再平凡不过。

而这"凡"，又不似后期开阖之宗匠于接机上显现的那种超圣回凡，他直就是凡，你只有总体参照他的行仪，才能知此凡不是世情之凡。例如，他的《无相颂》所示即是：

心平何劳持戒，行直何用参禅；恩则亲养父母，义则上下相怜；让则尊卑和睦，忍则众恶无喧；若能钻木取火，淤泥定生红莲；苦口的是良药，逆耳必是忠言；改过必生智慧，护短心内非贤；日用常行饶益，成道非由施钱；菩提只向心觅，何劳向外求玄？听说依此修行，天堂只在目前。

这样的《无相颂》，虽在答"在家如何修行"之问，语气、内容却就像坊间的《劝世文》，直应的，正是六祖樵夫的出身、岭南的保任。这时的日用是道，是禅分灯前的圣凡一体、圣凡双泯。

只破不立者的超圣回凡

而真以日用之道作为"超圣回凡"垂示者，则见诸之后但举"只破不立"的宗匠，例如南泉座下，人称"岑大虫"的长沙景岑，就留有这样的公案：

问："向上一路，请师道。"
师曰："一口针，三尺线。"
曰："如何领会？"
师曰："益州布，扬州绢。"

以"路逢剑客须呈剑"一语传世，曾轧云门文偃之足启其开悟的陈尊宿，也有以下的问答：

问："以一重去一重即不问，不以一重去一重时如何？"
师曰："昨朝栽茄子，今日种冬瓜。"

云门文偃则有：

问："如何是和尚非时为人一句？"
师云："早朝牵犁，晚间拽把。"

而以《雪窦颂古百则》传世的雪窦重显也有这样的垂语：

上堂云："直得动地雨花，何如归堂向火！"

但尽管如此，他们毕竟是大破大立的宗匠，也因此，这样的垂示虽有其警醒作用，让学人知晓不能就滞于圣，但他们的凡却总予人已过孤峰，百尺竿头更进一步之感，那内在的凛冽仍让寻常人只在大悟者的超圣回凡上领会，较不敢直领自己现前的日常。也的确，宗杲的一段话就多少透露着宗匠的"日常"与寻常人的"距离"：

宋绍兴七年，诏往双径。一日，圆悟讣音至，杲自撰文致祭。即晚小参举，僧问长沙："南泉迁化向甚处去？"沙曰："东村作驴，西村作马。"僧曰："意旨如何？"沙曰："要骑便骑，要下便下。"若是径山即不然，若有僧问："圆悟先师迁化向甚处去？"向他道："堕大阿鼻地狱。""意旨如何？"曰："饥餐洋铜，渴饮铁汁。""还有人救得也无？"曰："无人救得。"曰："何救不得？"曰："是此老寻常茶饭。"

因是杀活峻烈、德望俱隆的宗匠，所以明明是寻常茶饭，也显饥餐洋铜、渴饮铁汁之姿，常人正难以寻常事视之。而在此，较能见其亲切度、寻常面者，当属赵州：

问："承闻和尚亲见南泉，是否？"

师云："镇州出大萝卜头。"

问："万法归一，一归何所？"

师曰："老僧在青州作得一领布衫，重七斤。"

问："如何是赵州？"

师曰："东门、西门、南门、北门。"

赵州与其他宗匠如南泉、黄檗之往来，皆有生杀之机，法语亦多此风，但他传世的公案却多日用之语，后世形象正如返璞归真之长者，大宗匠如此者并不多。

不为焦点的中国老婆禅风

唐、五代是中国禅的黄金时代，纵横予夺，高峻绵密，皆乃剑客用剑；即至有宋，临济仍沿此风，但文字禅兴起，却更多乱真之"假诗人禅"，唯此二者与真正默照的宏智一脉皆少直抒日常之事。也因此，老婆禅之语虽仍充诸禅籍，但真要找一个以此风贯穿生命而为后人所知的禅家，就少。尽管从禅籍的祖师行仪中，学人也还能窥及宗匠必于此用功，也还能多少读到相关的"生活"咏述：

滔滔不持戒，兀兀不坐禅；
酽茶两三碗，意在镢头边。（仰山慧寂）

闲来石上玩长沙，百衲禅衣破又缝；
今日不忧明日事，生涯只在钵盂中。（灌昌溪·山居偈）

镢头添铁屋头悬，健即锄云倦即眠；
红日正中黄独熟，甘香不在火炉边。（石屋清珙）

禅余高诵寒山偈，饭后浓煎谷雨茶；

尚有闲情无着处，携篮过岭采藤花。（石屋清珙·山居）

莫谓山居便自由，年无一日不怀忧；

竹边婆子长偷笋，梦晨儿童故放牛。

栗蟥地蚕伤叶甲，野猪山鼠食禾头；

施为便有不如意，只得消归自己休。（石屋清珙）

这种生活咏述，在禅史从不成为焦点。不为焦点，一因所说并非如"悟"般，有其戏剧性的生命转换。二因不是诗意直陈的境界直抒，就难吸引世人眼光。三因既是绵绵密密的修行，说来也就寻常，更何况，为避干扰，有人隐身红尘，有人遁于山野，机关不露，连咏述都不发。

正如此，除六祖、赵州少数几人有较多老婆身影外，这修行不可或缺的"日用是道""保任工夫"，竟就在祖师行仪中常被略去，例如：

宗风峻烈的陈尊宿就以编草鞋为生，人称"陈蒲鞋"，但世人注意及此者少，总说其直捷之杀活。

三打夹山令其开悟的船子德诚，以及与德山机锋相对，遇贼难神情自若，大吼一声而终，声传数十里的岩头全奯，都摆渡为生，并以度人。

真须数，在中国，以"日用是道"作为"核心身影"的禅家只占极少数，其中大家熟知的是寒山拾得，而全然映现的，则是庞蕴。

寒拾二人皆宗门散圣，虽以丰干为师，却如无有师承，更就不知来历，两人皆留有诗作。寒山诗对日本、欧美在认识禅上尤起作用，但在中国，他则以机关不露而传：

闾丘胤宦丹丘，临行，遇丰干师，言从天台来。闾丘问："彼地有何贤可师？"师曰："寒山文殊，拾得普贤，在国清寺库院厨中着火。"闾丘到官三日，亲往寺中，见二人，便礼拜。二人大笑曰："丰干饶舌，阿弥不识，礼我何为？"即走出寺，归寒岩，寒山子入穴而去，其穴自合。

两人与日常事相接，主要因在厨中任事，后世画《寒拾图》，常寒山吹火，拾得执帚，直映日用。而其诗原多劝世之文，如《古尊宿语录》就载有：

寒山问曰："世间有人谤我、欺我、辱我、笑我、怪我、贱我、恶我、骗我，该如何处之乎？"

拾得答曰："只须忍他、让他、由他、避他、耐他、敬他，不要理他，再待几年，你且看他。"

可话虽平常，其迹神异，则类如普化、道济，系游戏神通之属。这些人或遁居红尘，或佯狂度日，潜符密行，长养圣胎，常只在临行一着示现自在，而寒拾固多"野旷天真"之趣，但严格说，仍不是地道老婆禅家的"意在平常"。

谈真正的老婆禅风，在中国，还须举庞蕴及其一家。

庞蕴以同一问"不与万法为侣者是什么人"参于石头而有省，参于马祖而顿领玄旨。机辩迅捷，诸方向之，全家学禅。如他所说"有男不婚，有女不嫁。大家团栾头，共说无生话"，而从下面问答正可见他的日常功用：

一日，石头问曰："子见老僧以来，日用事作么生？"

士曰："若问日用事，即无开口处。"

乃呈偈曰："日用事无别，唯吾自偶谐。头头非取舍，处处没张乖。朱紫谁为号，北山绝点埃。神通并妙用，运水及搬柴。"

正所谓"运水搬柴，无非大道"。他参石头、马祖，友丹霞、药山，一家务农，与一子一女皆坐脱立亡，虽是居士，在禅史却极醒目。

日本禅中的直举日用

然而，即便是庞蕴，在禅籍中行传亦短，真要让老婆禅风成一凸显之存在，让人鲜明认知，则须观诸日本。在此，为人熟知的有云溪桃水、白隐慧鹤、仙厓义梵、大愚良宽等。

这几位都江户时代人，桃水原结庵熊本，四众来参，厌而走。弟子密禅曾于三重逢一秃奴打草鞋，见是师而大惊。有人怪而诘之，答曰："今人口说舍身，不知其实，我只为证耳。"至京师，为佣奴，担薪，有时乞食。后留住滋贺打草鞋，为熊本僧人认出，告以京师有人供养，师不答应，遂以僧家残饭酿酢，自养老躯。他写自己的生涯是：

如是生涯如是宽，敝衣破碗也闲闲；

饥餐渴饮只吾识，世上是非总不干。

他又曾于大阪、京都，投于乞食群中，为弟子琛州发现，同返滋贺，途中，早出托钵，见一老乞食尸体，要琛州相助埋葬，琛州以死相可怜，桃水则回以：上至天子下至乞食，死时一样，根性不够，才在此区别。他将死者残余吃掉，琛州入口即吐，桃水乃驱之。其日用修行至此！同样是含光混世，寒拾在后世犹有高人貌，而桃水则直与乞士无别！

桃水是含光混世，仙厓则直示日用。

仙厓为人祝寿写的吉祥字是"父死、子死、孙死"，以此乃合于常态，是最吉祥之事。他以画示法，题词更不离日常。画寿翁，说"长生让人头更大"，画蛤蟆，就名为"坐禅蛙"，以"若人坐禅得成佛，谷底蛤蟆也成佛"。画幽默、语率真，就寓智慧于日常。所作《老人歌》说自己"闻死怕死却无奈，多事只为瞎操心。噜嗦气躁怕寂寞，是非只因口舌多"，更就不避日常。

他也有诗情的一面，所作"人语、莺啼、花争开。春访草庵一老僧""羞借一宿睡树下，欲看樱花落地姿"，一样平易近人。

仙厓传世事多，其行天真亲切，类如德川时代集结而成的一休故事，只是一休故事与史实中的"东海狂云子"一休宗纯尚有段距离，仙厓事则斑斑可考。也就因这天真亲切，西方许多谈禅者竟就以仙厓为禅之代表。

与仙厓同时的良宽亦以日用传世，他是极简生活的典型，只用一擂钵处理研米、洗面、洗手脚之事，所烧唯风吹来之落叶，寡欲恬淡，破衣乞食，或混渔樵，或与童戏，是"没踪迹"的禅家。因书法登闲寂之极，研究者多，但生平仍有许多遁迹未清处，虽被密付衣偈为嗣子，悟境如何亦不得而知，但其日用既如此，简单生活的形象乃深触人心。

相较于前三者的直举日用，白隐慧鹤则不同。

白隐是日本临济宗中兴之祖，后世称其为"五百年来一人"，宗风严峻，以公案锻炼出名。他曾创"只手之声"公案："两掌相触而出声，却闻只手之声么？"以此打杀多少学人。白隐系的公案参究，在逐一打开学人结使，锻炼之内容虽因人而有变动，基本精神皆不离白隐。

但白隐又是个平民禅者，接近大众。所绘禅画，更就直接以庶民画风、庶民题材出现，以致不入其公案锻炼者，竟就以为他只举日用。而这风格的反差，正见诸他人所作两目圆睁、棒喝无闪的木雕顶真相，与慈眉善目、滑稽风趣的自画像中。

他以日本丑女阿多福及市井布袋为主角，画了许多日常事与民众结缘，题词则暗藏禅意。所画达磨、钟馗，虽是完全跳脱传统的白隐特有风格，却皆庶民性格，观音更就是寻常娘亲貌，可以说是将禅彻底平民化了。

他对庶民亲切，总显悲心，所以有"白隐求乳"的故事流传；对学人，则严厉峻烈，总举向上一路，跨度极大。看白隐，得"孤峰顶上"与"十字路口"并举，才知他的亲切，正是一种自孤峰而下的平常，并非寻常人家的风光。

仙厓没有白隐的剑客禅风，但谈他，也须类似的并举。

他有"仙厓掀衣"之事，直捷无碍原非寻常禅家所能为：

仙厓时代有规定女子日落后不准入城者，因出家众无男女相，为免掀衣检查之尴尬，乃避免入城。一日，仙厓须晚上入城，他大剌剌地走至城门，卫士正待喝令，仙厓却先一步将袈裟往上一掀，大喝一声："男的！"卫士不仅被这禅家气势所慑，眼前更就是一幅他们不敢想象的画面——袈裟下是光溜溜的身子。就在这震撼错愕中，仙厓却已朗然大笑地进城去了。

而仙厓的辞世偈更乃非悟者难以至此：

来时知来处，去时知去处；

手不撒悬崖，不知云深处。

没这些，你还真以为他只是个有趣的老头呢！

如桃水、白隐、仙厓、良宽之辈所以出在日本，原因之一是日本已将禅彻底生活化，并以自性天真、日用是道、闲寂简单之生活作为禅"日日是好日"的实践。

"日日是好日"语出云门文偃，原来是指离于两端之生活，但以禅作为生命之减法，日常锻炼乃就更多映现为"简单过日子"。

而这简单，根柢固有禅的本质在，亦是日人民族性使然。日人喜极致，善专一，以禅作用于生活，与美连接者就成茶道、花道，于工艺连接者就成手艺，直用于生活，就将此"简单过日子"推至极致。正如此，欧美许多不在"只管打坐"与"公案锻炼"上深入的禅爱好者，焦点既只置于禅艺术、禅生活，白隐、仙厓、良宽自然就成为他们熟知与跟随的禅家。

但事实上，在桃水的乞食、白隐的平民、仙厓的生活、良宽的简单中，都有潜符密行、机关不露的影子，能透入此，才不致只为外相所瞒。

永平寺僧家作务的传承

在日用是道上，因于日本的极致，日本的以外规形塑内在，以及对外来文化的保存，禅门的日常作务在日本乃得到形貌俨然的传承，学人若能接触于此，直就领略，修行上，就较从以上诸人所得的印象要受用许多，以此，也才知所谓"日用是道"的锻炼，何只是绵绵密密的观照，基底依然有凛然不移的家风。

而这家风，从保留完整作务的曹洞宗大本山永平寺就可窥一斑。

永平寺一天的锻炼依序是：

振铃（三点半，冬天四点半起床，振铃者快跑巡寮房叫醒）

洗面（起床后，边诵偈语，边刷牙洗脸、洗头及耳后，用一桶水之量，洗时有一定次序）

晓天坐禅（一柱香）

朝课讽经（四点半，法堂）

不定期小参（六点）

小食（七点，早餐，禁语，用餐速度须与人同）

作务·讲义（回廊扫除，僧人以布贴地弓腰急走擦拭，将永平寺地板擦到如同打蜡般；在作务上，各有劳务，有三或八的日子扫平常扫不到之地）

日中讽经（十一点，法堂）

中食（十二点中餐，从碗里拿七粒米放"生饭台"供养鸟兽）

作务·讲义（下午一点，打扫时可发出声音，非打扫时，僧堂、厕所、浴室皆不许发出声音）

公务或坐禅（下午二点）

晚课讽经（四点，法堂）

药石（五点）

讲义·提唱（六点）

夜坐（七点）

开枕（就寝，以规定姿势睡觉）

在寺间，行坐、作务，身影须"行如风、立如松、坐如钟、卧如弓"，身心既臻于一事，才谈得上日用是道，永平寺僧家生活在此就提供了清晰的参照。

这样的日常使身心得到绵密彻底的锻炼，谈老婆禅，这具体的作务，更远胜那吃茶洗钵的垂示。

杨瑾敏 摄

撒手便走的平常

禅重见地，以此乃不错参错学，因特举"悟"，禅与悟在后世几成一连体之词，且此悟总翻天覆地，撞破乾坤，似乎此后再无余事。

而其实，悟出现的样态与禅者悟前的工夫有关。看话激烈，既逼至极处，一旦翻转，常照破山河；默照直领，池成月来，原常逐渐而明，纵有跳跃大转，亦不似看话激烈，只是由时明时暗、半明半暗而顿然全明。

所以说，谈禅，不能只谈悟，悟是结果，你更得谈使果得以结成的工夫，它才是修行真正的关键。

悟前锻炼与悟后保任

而说工夫，正有悟前锻炼与悟后保任。在此，默照与看话亦不同。看话在得悟，尤其被勘验印可后，须做的是保任工夫。当然，若因外缘干扰，悟境退转，也可再咬话头，让悟境重回，乃至更为深入，但无论如何，要不退转，要保任悟境，就须"悟后起修"。

"悟后起修"对看话禅特别重要，因悟而来的狂喜容易让学人以为已达巅峰，甚至张狂应世。这时道人可以如悟前般，继续远离俗务，专心办道，让"二六时中，不离这个"，以使悟境更为坚固，也可以或作务应机，或云水叩关，保任并同时勘验此悟境。

相对于看话，默照则因工夫本身就含有保任作用，所以只是一路行去，直至证道，尽管"只管打坐"外，亦有日常作务，亦须对应境界，叩关印证，但这样的一路行去，既不似看话般，为得悟在行住坐卧间皆摒除万缘般的峻烈，就较无悟前锻炼或悟后起修之别。所以道元说"只管打坐"是"修证不二"的"证上之修"。

而这样的工夫分别又何只呈现在悟上，峻烈与直领更映现为家风。前者将"禅为剑刃上事"发挥至极致；后者尽管也强调坐时须如剑客临敌般，全体入于现前，但就因直契当下，不似前者的生杀同时，乃有着更多的诗人家风。

剑客、诗人如此，那老婆又如何呢？

就工夫而言，所以举老婆家风，一在对学人之悟前锻炼更加垂示。这悟前锻炼所指，主要并非那看话或默照的核心工夫，它在强调学人核心工夫之外的事亦与道有关，你若不在此提撕观照，想悟道也难。

可虽说如此，这类悟前锻炼毕竟仍比不得核心工夫，尽管绵密的随立随破亦可打掉结使，甚且如前期的某些宗匠般，由之大悟。但老婆禅所强调的，更在悟后起修、悟后保任，以此日用是道的锻炼，温养圣胎，终至打成一片。

缘到即行

若只谈悟，坦白说，老婆禅之悟虽如诗人禅般，亦池成月来，但其现，既远不如剑客禅的绚烂亮眼，惊世夺目；也不似诗人禅般，直抒境界，让人心境一空；它基本只乃时间一到，境界就来。相较之下，风光就少。但既强调悟后保任，打成一片，示寂上乃别有风光。

这别有风光，是它不像剑客禅般直劈死生，粉碎乾坤，令人惊叹动容；也不似诗人禅般，"空斋飘落叶"，写意直抒。他只是缘到即行，"要坐即坐，要行即行，热即取凉，寒即向火"的自然，让死生如同吃饭睡觉般，回到了最最平常。正如汾州无业，受唐宪宗之诏不赴的奄然而化。

两度诏请，师辞病不赴。至穆宗即位，重降旨，使曰："此度圣恩不并常时。"师笑曰："贫道有何德，累烦圣主？行则行矣，道途恐殊。"乃作行次，剃发沐浴，至中夜，告徒弟云："汝等见闻觉知之性，与虚空同寿，犹如金刚，不可破坏。一切诸法如影如响，无有实者。是故经云：为此一事实，余二则非真。"言已跏趺，奄然而化。

为示宗门之物外，禅家常不受"圣恩"，但汾州无业竟以死生此寻常人千古艰难之事辞之，一句"行则行矣，道途恐殊"，其泊然，却就是举箸取菜、饭罢置碗的平常。

就如此平常，所以亦不须另嘱他事！

吾年五十三，去住本无贪；
临行事若何？不用口喃喃。

这是圣泉绍灯的辞世偈，口喃喃，是行者叮嘱这、叮嘱那，送行者求问这、求问那，既缘到即行，何须如此扰嚷不安！所以石屋清珙的示寂是：

青山不着臭尸骸，死了何须掘地埋；
愿我也无三昧火，光前绝后一堆柴。

这是回到平平常常的辞去，但这平常，又是如何地从孤峰而下的呢？让我们看看住止兰若的南岳玄泰上座是如何走的：

将示寂，并无僧来，他出外觅一僧人，自己则备好薪柴，坐于其上，请僧点火，说偈道：

今年六十五，四大将离主，

其道自玄玄，个中无佛祖。

不用剃头，不用澡浴，

一堆猛火，千足万足。

入火而逝，原应如剑客禅家般峻烈，但他却如澡浴般寻常，相形之下，一般高僧辞世例有的剃头、沐浴，其慎重反倒像是当事人果真要入于神圣的"火光三昧"似的。

而这寻常，在保福清豁则是：

世人休说行路难，鸟道羊肠咫尺间；

珍重苎溪溪畔水，汝归沧海我归山。

他独自入山，坐于磐石而逝，其徒觅得尸身，依其遗戒"将遗骸施诸虫蚁，勿置坟塔"，经七日，竟无虫蜒咬噬，乃荼毗，将骨灰散撒林间，彻底归山。

这类"平常事"于禅史不绝，许多原先在锻炼、接机时示现剑客、诗人禅风者，既契圣凡双泯，也以极"平常"之姿而行。

与汾州无业相似，汾阳善昭不赴都尉李遵勖主持承天禅寺之请，自己却为自己设筵饯行：

龙德府尹李侯，与师有旧，虚承天寺致之。使三反，不赴，使者受罚。复至曰："必欲得师俱往。不然有死而已。"师笑曰："老病业已不出山，借往当先后之，何必俱耶！"使曰："师诺则先后唯所择。"师令馔设俶装，告众曰："老僧去也，谁人随得？"一僧出曰："某甲随得。"师曰："汝日行几里？"曰："五十里。"师曰："汝随我不得。"又一僧出曰："某甲日行七十里。"师曰："汝亦随我不得。"侍者出曰："某甲随得，但和尚到处即到。"师曰："汝乃随得。"复顾使者曰："吾先行矣！"停箸而化。侍者即立化于侧。

这样的"主动"辞世，诚不可思议，但毕竟这辞世还为推却住持寺院之大事，到布衲如，则真是想走就走，死生就一转身，再无余思耳！

布衲如道友嵩禅师戏以悼亡诗赠之，说他"继祖当吾代，生缘行可规。终身常在道，识病懒寻医。貌古笔难写，情高世莫知。慈云布何处？孤月自相宜！"他读罢，竟举笔答曰：

道契平生更有谁？闲卿于我最心知；
当初未欲成相别，恐误同参一首诗。

乃"投笔而亡"。为一诗而逝，轻重之间，完全颠覆世人的认知与价值，到此，才真凡圣双泯！

当然，示现平常外，既乃日用，也有依于此而寄诸学人者：

非佛非心徒拟议，得皮得髓谩商量；

临行珍重诸禅侣，门外千山正夕阳。（蒋山法泉）

一切的一切，还是自己去观照吧！嘱咐得平常，话也仅此一句。而真无话，可参者或乃更多：

师（古灵神赞）后住古灵。聚徒数载。临迁化。剃浴声钟，告众曰："汝等诸人还识无声三昧否？"众曰："不识。"师曰："汝等静听，莫别思惟。"众皆侧聆，师俨然顺寂。

道在用处，用在死处

而有些嘱咐，虽更为寻常，又更有颠覆，如玄沙师备这大禅家：

师开平二年戊辰岁十一月二十七日身体极热，曰："我是大悟底人，尽大地一时火发！是你小小之辈，走却不难！"休长老便问："和尚寻常骂十方，因什么到与么地？"师云："达底人尚自如此，岂况是你诸人！"便顺化。

身体极热，是寻常生命不能免的领受；随即顺化，是道人死生无别的工夫。玄沙演这个日常戏，正要告诉你：生死事大，无常怖畏，能不早修？

而同样的戏，翠严可真又认真地演了一次：

师将入灭，示疾甚劳苦，席薰于地，转侧不少休。

喆侍者垂泣曰："平生诃佛骂祖，今何为乃尔？"

师熟视，呵曰："汝亦作如是解？"

即起跌坐，呼侍者烧香，烟起，遂示寂。

在禅，寻个死处，知个死路，是最终也最根柢的勘验，所以天衣如喆示寂时如此说道：

道在用处，用在死处。

这"用在死处"，老婆禅风虽不似剑客禅夺目、诗人禅引人，但因以最平常之姿对千古最艰难之事，反使不习禅之寻常人，常更有感。毕竟，禅家身影与彼岸佛菩萨乃至他家圣者祖师之不同，就在禅者是以一介寻常生命得臻于此，所以，这看似最寻常的禅家死生，反更能让人稍离布畏，让人更起道心。

而在此，最"平常"者正有庞蕴一家：

士悟后，以舟尽载珍橐数万，沉之湘流，举室修行，有女名灵照，常鬻竹漉篱以供朝夕。士将入灭，谓灵照曰："视日早晚，及午以报。"照遽报："日已中矣！而有蚀也。"士出户观次，灵照即登父座，合掌坐亡。士笑曰："我女锋捷矣。"于是更延七日，州牧于公顿问疾次，士谓之曰："但愿空诸所有，慎勿实诸所无，好住，世间皆如影响。"言讫，枕于公膝而化。遗命焚弃江湖。旋遣使人报诸妻子，妻闻之曰："这愚痴女与无知老汉，不报而去，是何忍也！"因往告子，见劚畬曰："庞公与灵照去也。"子释锄应之曰："嗄！"良久，亦立而亡去。母曰："愚子痴一何甚也！"亦以焚化。众皆奇之。未几，其妻乃遍诣乡闾，告别归隐。自后沉迹夐然，莫有知其所归者。

三人坐脱立亡，一人沉迹夐然，皆如平常日用事，庞婆叮叮咛咛，虽似责备，实极亲切，真乃"千古一家"。

也的确，许多死生之际"着衣托钵，吃茶用饭"的寻常，更就是归乡亲切：

霜天云雾结，山月冷涵辉；

夜接故乡信，晓行人不知。（西竺寺·比丘尼法海）

南北无寸影，东西绝四邻；
一见故乡信，晓风吹宿云。（广灯智觉）

两人皆见信晓行，这样的辞世，正乃"青山无限好，犹道不如归"（庐山万山寿隆）。一期禅行，生既当下即是，死正归乡之旅。

看脚下

老婆禅就如此，它所示工夫虽与得悟不核心相关，但它的平常绵密，即便剑客禅、诗人禅亦不能稍离于此，谈证道，更不能在此轻忽。而以下的问答正好予学人检省：

三佛侍师于一亭上夜话，及归，灯已灭，师于暗中曰："各人下一转语。"
佛鉴曰："彩凤舞丹霞。"
佛眼曰："铁蛇横古路。"
佛果曰："看脚下！"
师曰："灭吾宗者克勤耳！"

暗黑中，佛鉴是诗人的心珠独朗，佛眼是剑客的逢者皆丧，而佛果（圜悟克勤）则是老婆的照顾脚下，以五祖之高峻会举佛果，以佛果克勤之开阔会说此话，正因都在行者最易疏忽处，提请学人留意啊！

月印千江，掬水在手

杨荣誉摄

参禅，最忌"死于句下"，死于句下，就无透脱可能，故祖师接机，皆活言活句，"一一自胸臆中流出"，由是杀活予夺，随处中的。可惜至宋后，颂古、评唱之风的文字禅兴起，"绕路说禅"，虽说在为行者另开方便，但既"绕路"，往往就离了直心，反常让人更多在思虑心上推敲。而既推敲，就何只执于概念，甚且更寻章逐句似的计较斟酌，禅人既多死句，宗门气象乃衰。

回复活生生的禅风

以此，排开既有定型文字，回复活生生的禅风乃成为禅复兴之必须，而天下寺院固多以禅为名，徒名却不足以成实，更就有待此禅风之注入。

活生生的禅风可从二得，一是现前活生生之禅者，他让学人直体家风，直入啐啄，其翻转生命的作用尤大。若不得，则只能接诸历史之禅家。而宗匠身影既记诸灯录，有心人原可在此见其机锋、窥其行仪。

这机锋行仪过去以宗系传承，有五家七宗之立，可惜除临济、曹洞外，余多面目模糊，后世更"临天下、曹一角"，世人知禅，乃多限于临济。

临济开阔大度，前期宗师辈出，在此识得禅之风姿，原好扣住"禅为剑刃上事"的本质，但灯录所记，常只宗匠接机示法之杀活，有心者由之虽可稍契于禅，却就忽略了禅修行更核心的部分。

就如此，对禅家身影领略之不足历来即多，此中，或仅为五家七宗之文字义解，或只限临济啐啄之领略，或以其中之纲目为宗下学人所共遵，却无视禅家生命原乃——活泼者。而更关键、更根柢的则在，几乎都轻忽了祖师所下的工夫，及由此而在悟道辞世上所显现的特质。

正如此，跳脱惯性的五宗分流，只就禅者直现的风姿论列，且在风姿上不只囿于机锋啐啄，还及于悟道辞世，尤其重要的，更将此身影与见地工夫——尤其是工夫，做一联结，乃成为此禅门三径"剑客、诗人、老婆"分疏的缘起。由之，学人乃知有如许之见地、如许之工夫，才能有如许之内证、如许之身影。

三种禅风的一门深应

就这样的一线相连，剑刃上事虽为禅之本质，但典型剑客禅风主要则出现于临济。见地举"只破不立，有无俱遣"；工夫主要为"看话"；悟，"大地平沈，虚空迸裂"，常有"照破山河万朵"的生命翻转；辞世是"击碎千关与万关"的打破死生；接机乃"两刃相交，杀活临时"。此身影凛冽的禅风适合情性上"不从诸圣、直捣黄龙"的学人。

诗性为悟者生命之必然，但诗人禅风主要出现于曹洞。见地是"直入无生，全体即是"，工夫主要为"默照"；悟，"孤月映江湖"，是"池成月自来"的了然；辞世则如"空斋飘落叶"，汇归天地于无言；接机乃以现前诗境让人直领。此现前直领之家风适合情性上"默体不生、不逐外缘"的学人。

"尘尘三昧"是学人绵密且必要的工夫锻炼。在此，见地举"洗钵吃茶，日用是道"，工夫主要在通于悟前悟后的"日常作务"，更强调悟后起修的保任；辞世如"游子返乡"，只是"撒手便走的平常"；接机则"寻常饭菜，老婆家风"。这机关不露的禅风则适合情性上喜"如实行去、绵密用功"的学人。

这三种风姿，是举"不二"的宗门在修行上的核心映现，应和着禅修行"有无俱遣""全体即是""日用是道"的见地，以及"看话""默照""作务"的工夫，呈现出开阖、直抒、平实的生命风光。

大悟生命的总体风光

当然，剑刃上事既为禅之本质，诗性既为悟者生命之必然，日用是道既是道人绵密而必要的工夫，这三条路也就不是非此即彼，锻炼固须一门之深应，大悟却就有其总体之风光，这时，所示是剑客、诗人，还是老婆，也只因其家风、就其应缘而现而已。

例如长沙景岑，性格峻烈，曾踏倒仰山，诸方称为"岑大虫"：

师与仰山玩月次，山曰："二人尽有这个，只是用不得。"师曰："洽是倩汝用。"山曰："你作么生用？"师劈胸与一踏。山曰："团！直下似个大虫。"自此诸方称为岑大虫。

这是典型的剑客禅风姿！

但传世的"始从芳草去，又逐落花回"却也出自其口。在此，是诗人禅语。

而以"一口针，三尺线；益州布，扬州绢"应"向上一路"之问者也是他。这时，是老婆亲切。

尽管长沙景岑有他基本的剑客家风，但后两者依然是从他生命修行自然流出的行仪。

多数的宗匠正是如此。像临济、宗杲、宏智这样单将一面推至极致的大家在宗门中其实是少数。而这少数，固有全然因于情性者，如以紫柏达观性格之刚烈，自必是全然的剑客家风，但更多的，恐怕还因开宗示法之需要。临济是开宗之祖，只能尽显大开大阖、大破大立、大杀大活；宗杲、宏智则更多与特定工夫的阐扬有关。但无论是因情性之故，还因开宗示法之需，就因这少数，禅家的身影乃更鲜明。

入处与误区

当然，除个人之情性、见地、工夫、风光外，身影之现，在不同文化中也有不同偏重。例如：日人喜将一事推至极致，又善以外规形塑内在，加以禅已成为日本文化之重要基底，遂产生了结合诗人、老婆而现的茶道与花道，较诸中国，老婆家风乃成为醒目的日本禅特质。

而即便是核心工夫，其风姿亦呈现着文化差异。默照到日本成为"只管打坐"，这打坐已非典型宏智的"净圜而耀"，却是如临敌般，"不执一处，全体即是"的生命状态，是带有"剑刃上事"的默照坐禅。

然而，尽管有文化、宗派的不同倚重，剑客、诗人、老婆却总能作为学人契入禅家身影的基点，有此基点，再看禅籍，所得就能远远超越于文字之外；如此，再观照特定禅者的生活立处、文化特质，就能与禅家的生命有机相接。所以说，禅家之身影虽如月印千江，学人欲得，却就能掬水在手。

而也就是这情性、见地、工夫、风光的相关，学人固可就此剑客、诗人、老婆返观自身得入处，亦好就此照见己行可能之误区。例如：喜剑客禅风者就忌流为狂禅；喜诗人禅风者就忌在文字相上转；喜老婆禅风者，就忌以"见山是山"为"见山只是山"。

而其中，工夫的观照尤为最要，有此，你才好看清仍属世情之美的空灵诗人其生命的一偏，以及合诗人、老婆于一体之花道茶道其宗匠生命之局限；也就不至于在"禅是一枝花"的软暖中丧身失命。

禅，剑刃上事！

正如此，尽管分说剑客、诗人、老婆，谈禅家，却必须永远守住"禅为剑刃上事"的基点，永远扣住真实的工夫锻炼与境界勘验。而在此，明治时期禅杰渡边南隐的一段问答尤可为学人诚：

有舞者，人称其"艺臻于道"，请渡边往而勘验，及至舞罢，人问渡边如何，渡边只回以一句：

"可惜还在一转之间！"

再问，渡边吟道：

"舞艺何所止？回旋入冥府！"

禅，总举药毒同性，此剑客、诗人、老婆，正可起行者禅心，亦可断学人道种，起断之间，既在知见，更在工夫！

图书在版编目（CIP）数据

禅门三径 ／ 林谷芳著；一南京：译林出版社，2023.6
ISBN 978-7-5447-9075-8

I. ①禅 … II. ①林 … III. ①散文集 – 中国 – 当代
IV. ① I267

中国版本图书馆 CIP 数据核字（2022）第 073176 号

禅门三径　林谷芳／著

责任编辑　　陆志宙
装帧设计　　朱赢椿　杨杰芳
校　　对　　张　萍
责任印制　　闻媛媛

出版发行　译林出版社
地　　址　南京市湖南路 1 号 A 楼
邮　　箱　yilin@yilin.com
网　　址　www.yilin.com
市场热线　025-86633278
印　　刷　南京新世纪联盟印务有限公司
开　　本　718 毫米 ×1000 毫米　1/16
印　　张　12.5
版　　次　2023 年 6 月第 1 版　　2023 年 6 月第 1 次印刷
书　　号　ISBN 978-7-5447-9075-8
定　　价　78.00 元

编者说明

《禅门三径》中有部分文字的用法和现代汉语规范不尽一致，例如：达磨（应作"达摩"）、何只（应作"何止"）、"工夫"与"功夫"、"不只"与"不止"等。为了保持原作风貌，未做处理，特此说明。